ZUN

TRADUÇÃO **Raquel Camargo**

Irmão de alma

David Diop

*À minha primeira leitora, minha esposa,
com olhos banhados de luz lúcida;
três pepitas negras sorriem em tuas íris.
Aos meus filhos, inseparáveis.
Aos meus pais, atravessadores de vida mestiça.*

Nós nos abraçávamos por nossos nomes.
MONTAIGNE, "Da amizade", *Ensaios*, Livro 1

Quem pensa trai.
PASCAL QUIGNARD, *Morrer de pensar*

Sou duas vozes simultâneas. Uma se afasta e a outra cresce.
CHEIKH HAMIDOU KANE, *A aventura ambígua*

I

– ... eu sei, entendi, eu não deveria. Eu, Alfa Ndiaye, filho do velho homem, entendi, eu não deveria. Pela verdade de Deus, agora eu sei. Meus pensamentos pertencem apenas a mim, posso pensar o que quiser. Mas meus irmãos de luta que voltarão desfigurados, mutilados, estripados a ponto de o próprio Deus se envergonhar ao vê-los chegar em seu Paraíso, ou o Diabo se comprazer em acolhê-los em seu Inferno, não saberão quem eu sou de fato. Os sobreviventes nada saberão, meu velho pai nada saberá e minha mãe, se ainda for deste mundo, não adivinhará. O peso da vergonha não será acrescido ao peso da minha morte. Eles não imaginarão o que pensei, o que fiz, até onde a guerra me levou. Pela verdade de Deus, a honra da minha família estará salva, a honra de fachada.

Eu sei, entendi, eu não deveria. No mundo de antes, eu não teria ousado, mas no mundo de hoje, pela verdade de Deus, eu me permiti o impensável. Nenhuma voz se elevou em minha cabeça para me proibir: as vozes dos meus antepassados, dos meus pais, calaram-se quando pensei em fazer o que acabei fazendo. Agora eu sei, juro que entendi tudo quando pensei que podia pensar tudo. Aconteceu de repente, sem aviso prévio, caiu brutalmente sobre minha cabeça como um meteoro de guerra vindo do céu metálico no dia em que Mademba Diop morreu.

Ah! Mademba Diop, meu mais que irmão, levou muito tempo para morrer. Foi muito, muito difícil, não tinha fim, de manhã até de madrugada, até à noite, as tripas expostas, o lado de dentro do lado de fora, como um cordeiro despedaçado pelo açougueiro ritualístico após seu sacrifício. Ele, Mademba, ainda não estava morto quando já tinha o lado de dentro do corpo do lado de fora. Enquanto os outros tinham se refugiado nas feridas abertas da terra que chamamos de trincheiras, eu permaneci perto de Mademba, deitado ao seu lado, minha mão direita em sua mão esquerda, olhando o céu azul frio cortado pelo metal. Três vezes ele me pediu para matá-lo de vez, três vezes eu recusei. Foi antes, antes de eu me autorizar a pensar tudo. Se naquele momento eu fosse quem sou hoje, o teria matado na primeira vez em que me pediu, sua cabeça voltada para mim, sua mão esquerda em minha mão direita.

Pela verdade de Deus, se eu já tivesse me tornado este que sou agora, o teria degolado como um carneiro de sacrifício, por amizade. Mas pensei em meu velho pai, em minha mãe, na voz interior que ordena, e não soube cortar o arame farpado dos seus sofrimentos. Não fui humano com Mademba, meu mais que irmão, meu amigo de infância. Deixei o dever ditar minha escolha. Só tive em relação a ele maus pensamentos, pensamentos comandados pelo dever, pensamentos recomendados pelo respeito às leis humanas, e não fui humano.

Pela verdade de Deus, eu deixei Mademba chorar como uma criança na terceira vez em que ele me suplicava para matá-lo de vez, fazendo suas necessidades ali mesmo, a mão direita tateando a terra para reunir suas tripas espalhadas, pegajosas como cobras de água doce. Ele me disse: "Pela graça de Deus e pela graça do nosso grande marabuto, se você é meu irmão, Alfa, se você é de fato quem eu penso que é, me degole como um carneiro de sacrifício, não deixe o focinho da morte devorar meu corpo! Não me abandone em toda essa sujeira. Alfa Ndiaye... Alfa... eu suplico... me degole!"

Mas justamente porque ele invocou nosso grande marabuto, justamente, para não infringir as leis humanas, as leis dos nossos ancestrais, não fui humano e deixei Mademba, meu mais que irmão, meu amigo de infância, morrer com os olhos cheios de lágrimas, a mão trêmula, ocupada em procurar na lama do campo de batalha suas entranhas para colocá-las de volta em seu ventre aberto.

Ah, Mademba Diop! Somente quando você morreu eu comecei a pensar de fato. Foi somente com sua morte, no crepúsculo, que soube, entendi que eu não escutaria mais a voz do dever, a voz que ordena, a voz que impõe o caminho. Mas era tarde demais.

Quando você morreu, as mãos finalmente imóveis, finalmente tranquilas, finalmente salvas do sofrimento sujo do seu último suspiro, apenas pensei que não deveria ter esperado. Entendi tarde demais, em um suspiro, que deveria ter te degolado assim que você me pediu, enquanto você ainda tinha os olhos secos e a sua mão esquerda apertava a minha. Eu não devia ter te deixado sofrer como um velho leão solitário, devorado vivo por hienas, o lado de dentro do lado de fora. Eu te deixei suplicando por razões erradas, por pensamentos prontos, bem-vestidos demais para serem honestos.

Ah, Mademba! Como me arrependi de não ter te matado na manhã do combate, enquanto você ainda me pedia gentilmente, amigavelmente, com um sorriso na voz! Te degolar naquele momento teria sido a última boa brincadeira que eu poderia ter feito com você na vida, uma forma de permanecermos amigos pela eternidade. Mas em vez de obedecer, eu te deixei morrer me insultando, chorando, babando, gritando, se borrando como uma criança enlouquecida. Em nome de não sei quais leis humanas eu te abandonei à sua sorte miserável. Talvez para salvar a minha alma, talvez para permanecer aquele que as pessoas que me criaram queriam que eu fosse perante Deus e perante os homens. Mas perante você, Mademba, não fui capaz de ser um homem. Eu deixei você me amaldiçoar, meu amigo, você, meu mais que irmão, te deixei gritar, blasfemar, porque eu ainda não sabia pensar por mim mesmo.

Mas tão logo você morreu agonizando, em meio a suas tripas expostas, meu amigo, meu mais que irmão, tão logo você morreu eu soube, entendi que não deveria ter te abandonado.

Esperei um pouco, deitado próximo aos seus restos, vendo passar no céu noturno azul, profundamente azul, o rastro brilhante das últimas balas fluorescentes. E tão logo se fez silêncio sobre o campo de batalha banhado de sangue, comecei a pensar. Você já não era mais que um amontoado de carne morta.

Eu fiz o que você não conseguiu fazer ao longo do dia porque sua mão tremia. Recolhi santamente suas entranhas ainda quentes e as coloquei em seu ventre, como se colocasse em um vaso sagrado. Na penumbra, pensei ter te visto sorrir para mim e decidi te levar para casa. No frio da noite, tirei a parte de cima do meu uniforme e também minha camisa. Passei minha camisa por debaixo do seu corpo e apertei as mangas sobre seu ventre, um nó duplo muito, muito apertado que ficou manchado com seu sangue negro. Carreguei você e te levei de volta à trincheira. Trouxe você nos braços como uma criança, meu mais que irmão, meu amigo, e andei, continuei andando na lama, nas fendas abertas pelos obuses, cheias de água suja e sanguinolenta, incomodando os ratos que saíam dos subterrâneos para se alimentar das carnes humanas. E te carregando em meus braços, comecei a pensar por mim mesmo, te pedindo perdão. Eu soube, entendi tarde demais o que deveria ter feito quando você me pediu, os olhos secos, como quem pede um favor a seu amigo de infância, como um direito, sem cerimônia, gentilmente. Perdão.

II

Caminhei por muito tempo nas fendas, carregando em meus braços Mademba pesado como uma criança adormecida. Alvo ignorado dos inimigos, estava coberto pela luz da lua cheia e cheguei ao buraco escancarado da nossa trincheira. E, vista de longe, nossa trincheira me pareceu os dois lábios entreabertos do sexo de uma mulher imensa. Uma mulher aberta, oferecida à guerra, aos obuses e a nós, os soldados. Foi a primeira coisa inconcebível que me permiti pensar. Antes da morte de Mademba, jamais ousaria imaginar uma coisa assim, dizer a mim mesmo que eu enxergava a trincheira como um sexo feminino desmesurado que nos acolheria, a Mademba e a mim. O lado de dentro da terra estava de fora, o lado de dentro do meu espírito estava de fora, e eu soube, entendi que podia pensar tudo o que quisesse desde que os outros não soubessem de nada. Então fechei meus pensamentos no lado de dentro da minha cabeça depois de tê-los observado de muito perto. Estranhos.

Eles me receberam no ventre da terra como um herói. Eu andei sob a lua clara, abraçando Mademba, sem perceber que uma longa faixa do seu intestino escapara do nó da minha camisa apertada em sua cintura. Quando eles viram o desastre humano que eu carregava em meus braços, disseram que eu era corajoso e forte. Disseram que eles não conseguiriam. Que talvez tivessem abandonado Mademba Diop aos ratos, que eles não teriam ousado colocar santamente suas entranhas no vaso sagrado do seu corpo. Disseram que não teriam te carregado por uma distância tão longa e sob um luar tão radiante à vista dos inimigos. Disseram que eu merecia uma medalha, que eu seria cruz de guerra, que minha família se orgulharia de mim, que Mademba que me olhava do céu estaria orgulhoso de mim. Mesmo Mangin, nosso general, ficaria orgulhoso de mim. E então eu pensei que a medalha não me importava, mas que ninguém saberia disso. Ninguém saberia também que Mademba me suplicara três vezes para acabar de vez com ele, que me fiz surdo às suas três súplicas, que fui desumano por obediência às vozes do dever. Mas me tornei livre para não mais escutá-las, para não mais obedecer a essas vozes que ordenam que não se seja humano quando seria preciso ser.

III

Na trincheira, eu vivia como os outros, bebia e comia como os outros. Às vezes cantava como os outros. Sou desafinado e todos riem quando eu canto. Eles me diziam: "Vocês, os Ndiaye, não sabem cantar". Eles caçoavam um pouco de mim, mas me respeitavam. Eles não sabiam o que eu pensava deles. Eu os achava bobos, os achava idiotas porque eles não pensam em nada. Soldados brancos ou negros, eles dizem sempre "sim". Quando lhes dão a ordem de sair da trincheira protetora para atacar o inimigo descoberto, é "sim". Quando lhes pedem para bancar o selvagem a fim de assustar o inimigo, é "sim". O capitão lhes disse que os inimigos tinham medo dos negros, dos canibais, dos zulus, e eles riram. Estão felizes porque o inimigo do lado de lá tem medo deles. Estão felizes em esquecer o seu próprio medo. Assim, quando eles surgem da trincheira, o rifle na mão esquerda e o facão na mão direita, projetam-se para fora do ventre da terra e colocam no rosto olhos de loucos. O capitão lhes disse que eram grandes guerreiros, então eles adoram morrer enquanto cantam, então competem entre si loucamente. Um Diop não gostaria que lhe dissessem que ele é menos corajoso do que um Ndiaye, e é por isso que tão logo o apito estridente do capitão Armand ordena, ele sai do seu buraco gritando como um selvagem. Mesma coisa entre os Diallo e os Faye, os Kane e os Thioune, os Diané, os Kourouma, os Bèye, os Fakoli, os Sall, os Dieng, os Seck, os Ka, os Cissé, os Ndour, os Touré, os Camara, os Ba, os Fall, os Coulibaly, os Sonko, os Sy, os Cissokho, os Dramé, os Traoré. Todos vão morrer sem pensar porque o capitão Armand lhes disse: "Vocês, os chocolates da África Negra, são naturalmente os mais corajosos entre os corajosos. A França é grata e os admira. Os jornais só falam em suas façanhas!". E por isso eles adoram sair afoitos para serem ainda mais massacrados, gritando como loucos furiosos, o rifle regulamentado na mão esquerda e o facão selvagem na mão direita.

Mas eu, Alfa Ndiaye, entendi bem as palavras do capitão. Ninguém sabe o que eu penso, sou livre para pensar o que quiser. O que eu penso é que querem que eu não pense. O impensável está escondido por trás das palavras do capitão. A França do capitão precisa que banquemos os selvagens quando lhe é conveniente. Precisa que sejamos selvagens, porque os inimigos têm medo dos nossos facões. Eu sei, entendi, não é mais complicado do que isso. A França do capitão precisa da nossa selvageria, e como somos obedientes, eu e os outros, brincamos de selvagens. Cortamos as carnes inimigas, decepamos, decapitamos, estripamos. A única diferença entre meus camaradas, os toucouleurs e os serers, os bambaras e os malinquês, os soussous, os haoussas, os mossis, os markas, os soninkés, os senoufos, os bobos e os outros uólofes, a única diferença entre mim e eles, é que me tornei um selvagem por reflexão. Eles interpretam somente quando saem da terra, eu interpreto somente quando estou com eles, na trincheira protetora. Entre nós, eu ria e mesmo cantava desafinado, mas eles me respeitavam.

Tão logo eu saía da trincheira afobado, tão logo a trincheira me paria gritando, os inimigos que se cuidassem. Eu nunca chegava quando soava o toque de recolher. Eu entrava na trincheira mais tarde. O capitão sabia, não interferia, espantado que eu voltasse sempre vivo, sempre sorridente. Ele não interferia, mesmo quando eu chegava tarde, pois trazia troféus para a trincheira. Trazia despojos de guerra selvagem. Trazia sempre ao final da batalha, na noite negra ou na noite banhada de lua e sangue, um rifle inimigo com a mão que o acompanhava. A mão que o segurava, a mão que o apertava, a mão que o limpava, a mão que o lubrificava, a mão que o carregava, descarregava, recarregava. Assim, quando o toque de recolher soava, o capitão e os camaradas que voltavam para se enterrar vivos na proteção úmida da nossa trincheira se colocavam duas questões. Primeiro: "Será que esse Alfa Ndiaye chegará vivo entre nós?" Depois: "Será que esse Alfa Ndiaye vai voltar com um rifle e a mão inimiga que o segurou?" E eu voltava sempre para o útero da terra depois dos outros, às vezes sob o fogo inimigo, que vente, que chova, que neve, como diz o capitão. E trazia sempre um rifle inimigo e a mão que o segurou, apertou, limpou, lubrificou, a mão que o carregava, descarregava, recarregava. E o capitão e os meus camaradas sobreviventes, que a cada dia se colocavam essas duas questões na noite dos ataques, ficavam contentes quando escutavam disparos e gritos inimigos. Eles diziam: "Olha, é o Alfa Ndiaye que está voltando para casa.

Mas será que ele trouxe seu rifle com a mão cortada que o acompanha?". Um rifle, uma mão.

De retorno à nossa casa com meus troféus, eu via que eles estavam muito, muito contentes comigo. Tinham guardado comida para mim, tinham guardado pontas de tabaco. Ficavam realmente tão felizes ao me ver voltar que nunca me perguntavam como eu fazia, como eu pegava esse rifle inimigo e essa mão cortada. Ficavam tão contentes com o meu retorno porque me amavam muito. Eu me tornei seu totem. Minhas mãos lhes confirmavam que eles estavam vivos por mais um dia. Também nunca me perguntavam o que eu tinha feito com o resto do corpo. Como eu capturara o inimigo era algo que não os interessava. Como eu cortara a mão também não. O que os interessava era o resultado, a selvageria. E eles riam comigo pensando que há muito tempo os inimigos do lado de lá deviam ter medo de ver a própria mão cortada. E mesmo assim, meu capitão e meus amigos não sabiam como eu as capturava e o que fazia com o resto do corpo ainda vivo. Eles nem sequer imaginavam um terço do que eu fazia, não imaginam um terço do medo dos inimigos do lado de lá.

Quando eu saio do ventre da terra, sou desumano por escolha, torno-me um pouco desumano. Não porque o capitão ordenou, mas porque pensei e quis. Quando jorro gritando do ventre da terra, não tenho a intenção de matar muitos inimigos do lado de lá, mas de matar apenas um, do meu jeito, tranquilamente, calmamente, lentamente. Quando saio do ventre da terra, meu rifle na mão esquerda e meu facão na mão direita, não me preocupo muito com meus camaradas. Já não os conheço mais. Eles caem ao meu redor, a face contra o chão, um a um, e eu corro, atiro e me jogo de bruços.

Eu corro, atiro e rastejo sob os arames farpados. Talvez de tanto atirar eu acabe matando um inimigo por engano, sem de fato querer. Talvez. Mas o que eu quero é o corpo a corpo. É para isso que corro, atiro, me jogo de bruços e rastejo para chegar o mais perto possível do inimigo do lado de lá. À vista da trincheira inimiga, eu não faço senão rastejar, depois, pouco a pouco, quase não me mexo mais. Me finjo de morto. Espero tranquilamente para capturar um deles. Espero que ele saia do seu buraco. Espero a trégua da noite, o sossego, o fim dos tiros.

Sempre um deles acaba saindo do buraco de ogiva onde se refugiou para voltar à sua trincheira, ao anoitecer, quando ninguém mais atira. Então, com meu facão, corto seu jarrete. É fácil, ele pensa que estou morto. O inimigo do lado de lá não me vê, sou cadáver entre os cadáveres. Para ele, estou voltando dos mortos para matá-lo. Então o inimigo do lado de lá sente tanto medo que não grita quando corto seu jarrete. Ele desmorona, só isso. Então eu o desarmo, depois o amordaço. Prendo suas mãos atrás das costas.

Às vezes é fácil. Às vezes muito difícil. Alguns não se rendem. Alguns não querem acreditar que vão morrer, alguns se debatem. Então, sem fazer ruído, eu os deixo inconscientes, porque tenho apenas vinte anos e, como diz o capitão, sou uma força da natureza. Depois eu os pego por uma manga do uniforme, ou por uma bota, e os puxo lentamente rastejando pela terra de ninguém, como diz o capitão, entre duas grandes trincheiras, nos buracos de ogiva, nas poças de sangue. Que vente, que chova ou que neve, como diz o capitão, espero que ele acorde, espero pacientemente que o inimigo do lado de lá acorde caso eu o tenha deixado inconsciente. Se não, se aquele que tirei do buraco de ogiva se rendeu achando que me enganava, eu espero retomar o meu fôlego. Espero para nos acalmarmos os dois juntos. Enquanto espero, sorrio para ele à luz da lua e das estrelas, para que não se agite tanto. Mas quando sorrio, sinto que ele se pergunta em sua cabeça: "O que esse selvagem quer de mim? O que quer fazer comigo? Quer me comer? Quer me estuprar?". Sou livre para imaginar o que o inimigo do lado de lá está pensando porque eu sei, entendi. Ao observar os olhos azuis do inimigo, costumo ver o medo e o pânico da morte, da selvageria, do estupro, da antropofagia. Vejo em seus olhos o que lhe disseram de mim e aquilo em que acreditou sem nunca ter me encontrado. Penso que ao me ver olhando para ele e sorrindo, ele diz a si mesmo que não lhe mentiram, que com meus dentes brancos na noite escura, com ou sem lua, eu irei devorá-lo vivo, ou fazer com ele algo ainda pior.

O terrível se dá quando, retomando o fôlego, eu retiro as vestes do inimigo do lado de lá. Quando desabotoo a parte de cima do seu uniforme, vejo ali os olhos azuis do inimigo marejar. Ali sinto que ele tem medo do pior. Seja ele corajoso ou medroso, bravo ou covarde, no momento em que desabotoo o seu uniforme, depois sua camisa, para despir seu ventre inteiramente branco sob a luz da lua ou sob a chuva, ou sob a neve que cai lentamente, ali sinto os olhos do inimigo do lado de lá se fecharem um pouco. Todos iguais, os altos, os baixos, os grandes, os corajosos, os covardes, os orgulhosos, quando me veem olhar o seu ventre branco palpitante, seus olhos se fecham. Todos iguais.

Então me recolho um pouco e penso em Mademba Diop. E a cada vez, em minha cabeça, eu o escuto suplicar para ser degolado e penso que fui desumano em deixá-lo suplicar três vezes. Penso que desta vez serei humano, não esperarei que o meu inimigo do lado de lá suplique três vezes para matá-lo. O que eu não fiz por meu amigo, farei por meu inimigo. Por humanidade.

Quando veem que estou segurando meu facão, os olhos azuis do inimigo do lado de lá se fecham definitivamente. Na primeira vez, o inimigo do lado de lá me deu um chute antes de tentar se levantar para fugir. Desde então, tomo o cuidado de amarrar os tornozelos do inimigo do lado de lá. E é por isso que, quando estou com meu facão na mão direita, o inimigo do lado de lá se debate como um louco furioso, pensando que pode escapar. É impossível. O inimigo do lado de lá deveria saber que não pode mais escapar de mim, pois ele está preso por laços muitos apertados, mas ainda assim ele espera. Leio em seus olhos azuis, como li nos olhos negros de Mademba Diop, a esperança de que abreviarei os seus sofrimentos.

O seu ventre branco está desnudo, ele sobe e desce em espasmos. O inimigo do lado de lá suspira e, de repente, grita em um grande silêncio, devido à mordaça apertada por mim que obstrui sua boca. Ele grita em um grande silêncio quando eu pego todo o seu lado de dentro do ventre e o coloco do lado de fora na chuva, no vento, na neve ou sob a luz da lua. Se neste momento os seus olhos azuis se fecham para sempre, então deito perto dele, viro o seu rosto para o meu e assisto um pouco ele morrer, depois o degolo, honestamente, humanamente. À noite, todos os sangues são negros.

IV

Pela verdade de Deus, no dia da sua morte, eu não demorei para encontrar Mademba Diop estripado no campo de batalha. Eu sei, entendi o que aconteceu. Mademba me contou enquanto as suas mãos ainda não tremiam, quando ele ainda me pedia gentilmente, amigavelmente, para matá-lo.

Ele estava em pleno ataque do inimigo do lado de lá, o rifle na mão esquerda e o facão na mão direita, estava em plena ação, em plena comédia de selvageria quando se deparou com um inimigo do lado de lá que se fingia de morto. Ele se inclinou para olhá-lo, meio de passagem, antes de seguir. Ele parou para olhar o inimigo morto que fingia. Olhou atentamente porque duvidava. Por um breve momento. O rosto do inimigo do lado de lá não estava cinzento como o dos mortos brancos ou negros. Aquele ali parecia encenar a morte. Nada de misericórdia, era preciso matá-lo com o facão, pensou Mademba. Não se podia ser negligente. Esse inimigo semimorto do lado de lá, ele deveria matá-lo novamente por precaução, para não ter que lamentar que um irmão de arma, um camarada que passasse pelo mesmo caminho, recebesse um golpe baixo.

Enquanto ele pensava em seus irmãos de armas, seus camaradas, que era preciso salvá-los do inimigo semimorto, enquanto previa o golpe baixo que atingiria outros que não ele, eu talvez, seu mais que irmão, que lhe sou muito próximo, enquanto pensava que era preciso ser vigilante pelos outros, ele não foi por si mesmo. Mademba me contou gentilmente, amigavelmente, ainda sorridente, que o inimigo arregalou os olhos antes de rasgar seu ventre de cima a baixo, com um gesto seco, com a baioneta que escondia em sua mão direita embaixo do forro do seu grande casaco. Mademba, ainda sorrindo com o golpe que o inimigo semimorto lhe desferiu, me contou calmamente que ele não pudera fazer nada. Me contou no início, enquanto não sofria muito, um pouco antes da sua primeira súplica amistosa para que eu o matasse. Sua primeira súplica dirigida a mim, seu mais que irmão, Alfa Ndiaye, último filho do velho homem.

Antes que Mademba pudesse reagir, antes que ele pudesse se vingar, o inimigo, que tinha ainda bons restos de vida, fugira em direção ao seu front. Entre sua primeira e sua segunda súplica, pedi a Mademba para descrever o inimigo do lado de lá que o havia estripado. "Ele tem olhos azuis", sussurrou Mademba, pois eu estava deitado ao seu lado olhando o céu cortado pelo metal. Eu insisti. "Pela verdade de Deus, tudo o que posso dizer é que ele tem olhos azuis". Eu insisti mais e mais. "Ele é alto, baixo? Bonito, feio?". E Mademba Diop a cada vez me respondia que não era o inimigo do lado de lá quem eu deveria matar, já era tarde demais, o inimigo teve a sua chance de sobreviver. Aquele que agora era preciso matar novamente, aniquilar, era ele, Mademba.

Mas pela verdade de Deus, eu nunca escutei de fato Mademba, meu amigo de infância, meu mais que irmão. Pela verdade de Deus, eu só pensava em estripar o inimigo de olhos azuis, o semimorto. Eu só pensava em estripar o inimigo do lado de lá e negligenciei o meu Mademba Diop. Escutei a voz da vingança. Fui inumano desde a segunda súplica de Mademba Diop que me dizia: "Esqueça o inimigo de olhos azuis. Mate-me agora pois eu estou sofrendo muito. Nós somos da mesma idade, fomos circuncidados no mesmo dia. Você morou em minha casa, cresci sob teus olhos, você cresceu sob os meus. Então você pode caçoar de mim, eu posso chorar na sua frente. Eu posso te pedir tudo. Somos mais que irmãos pois nos escolhemos como irmãos. Por favor, Alfa, não me deixe morrer assim, as tripas expostas, o ventre devorado pela dor que corrói. Eu não sei se ele é alto, baixo, se é bonito, se é feio, o inimigo de olhos azuis. Eu não sei se ele é jovem como nós ou se tem a idade dos nossos pais. Ele teve a sua chance, se salvou. Ele não é mais importante agora. Se você é meu irmão, meu amigo de infância, se você é aquele que eu sempre conheci, que amo como amo minha mãe e meu pai, então te suplico uma segunda vez que me degole. Você se diverte me escutando gemer como um garotinho? Vendo fugir de mim minha dignidade envergonhada?".

Mas eu recusei. Ah! Eu recusei. Perdão, Mademba Diop, perdão, meu amigo, meu mais que irmão, por não ter te escutado com o coração. Eu sei, entendi, eu não deveria ter voltado meu espírito para o inimigo do lado de lá com olhos azuis. Eu sei, entendi, eu não deveria ter pensando no que reclamava vingança em minha cabeça lavrada por teus prantos, semeada por teus gritos, enquanto você ainda nem estava morto. E depois eu escutei uma voz poderosa e impositiva que me forçou a ignorar teus sofrimentos: "Não mate seu melhor amigo, não mate seu mais que irmão. Não cabe a você tirar a vida dele. Não se tome pela mão de Deus. Não se tome pela mão do Diabo. Alfa Ndiaye, você poderia se apresentar diante do pai e da mãe de Mademba sabendo que foi você quem o matou, que foi você quem finalizou o trabalho do inimigo de olhos azuis?"

Não, eu sei, entendi, eu não deveria ter escutado aquela voz que explodia em minha cabeça. Deveria tê-la calado enquanto ainda havia tempo. Deveria ter começado a pensar por mim mesmo. Deveria, Mademba, ter te matado por amizade, para que você parasse de chorar, de se contorcer, de se retorcer tentando colocar para dentro do seu ventre o que tinha saído dele, buscando o ar como um peixe que acabara de ser pescado.

V

Pela verdade de Deus, eu fui desumano. Eu não escutei meu amigo, escutei meu inimigo. Então quando eu capturo o inimigo do lado de lá, quando leio em seus olhos azuis os gritos que sua boca não pode lançar ao céu da guerra, quando o seu ventre aberto não passa de uma gosma de carne crua, eu recupero o tempo perdido, eu mato o inimigo. Na sua segunda súplica com os olhos, eu corto sua garganta como se cortam os cordeiros de sacrifício. O que eu não fiz por Mademba Diop, faço por meu inimigo de olhos azuis. Por humanidade reencontrada.

Em seguida pego o seu rifle após ter cortado sua mão direita com o facão. É demorado e muito, muito difícil. Quando volto para nossa casa rastejando, passando sob os arames farpados, os tocos de madeira espetando a lama grudenta, quando retorno à nossa trincheira aberta como uma mulher voltada para o céu, estou coberto de sangue do inimigo do lado de lá. Estou como uma estátua de lama e sangue misturados, fedo tanto que até os ratos fogem de mim.

Meu cheiro é o da morte. A morte tem o cheiro do lado de dentro do corpo projetado para fora do vaso sagrado. Exposto, o lado de dentro do corpo de todo ser humano ou animal se corrompe. Do homem mais rico ao mais pobre, da mulher mais bela à mais feia, do animal mais sábio ao mais estúpido, do mais poderoso ao mais fraco. A morte é o odor decomposto do lado de dentro do corpo, e até os ratos têm medo quando me sentem chegar rastejando sob os arames farpados. Eles temem ao ver a morte se mexendo, avançando em sua direção, então fogem de mim. Também fogem de mim em nossa casa, na trincheira, mesmo quando lavo meu corpo e minhas roupas, mesmo quando acho que me purifiquei.

VI

Meus camaradas, meus amigos de guerra começaram a ter medo de mim a partir da quarta mão. No começo, eles riram de bom grado comigo, riram ao me ver chegar em nossa casa com um rifle e uma mão inimiga. Ficaram tão satisfeitos comigo que chegaram até a pensar em me dar outra medalha. Mas depois da quarta mão inimiga eles não riram com sinceridade. Os soldados brancos começaram a pensar, eu li em seus olhos: "Esse chocolate é muito estranho." Os outros, soldados chocolates da África Ocidental como eu, começaram a pensar, também li em seus olhos: "Esse Alfa Ndiaye do povoado de Gandiol, perto de Saint-Louis do Senegal, é estranho. Desde quando ele é assim tão estranho?"

Os *toubabs*[1] e os chocolates, como diz o capitão, continuaram a me dar tapinhas nas costas, mas suas risadas e sorrisos

---

[1] *Toubab* é um termo utilizado na África Ocidental para designar as pessoas de pele branca, à exceção dos árabe-berberes; comumente, refere-se aos europeus [N.T.].

mudaram. Eles começaram a ter muito, muito, muito medo de mim. Começaram a cochichar a partir da quarta mão inimiga.

Nas três primeiras mãos eu era legendário, eles festejavam meu retorno, me ofereciam bons pedaços de comida, me davam tabaco, ajudavam a me lavar com grandes baldes d'água, ajudavam a limpar minhas roupas de guerra. Eu lia o reconhecimento em seus olhos. Eu me passava pelo selvagem exagerado no lugar deles, o selvagem que cumpria ordens. O inimigo do lado de lá devia tremer nas botas e sob o capacete.

No começo, meus amigos de guerra não se incomodavam com meu cheiro de morte, com meu cheiro de açougueiro de carne humana, mas a partir da quarta mão eles começaram a não mais me suportar. Eles continuaram me dando bons pedaços de comida, me oferecendo para fumar pontas de tabaco recolhidas aqui e acolá, me emprestando cobertor para me aquecer, mas colocavam uma máscara de sorriso sobre seus rostos de soldados horrorizados. Eles não mais ajudaram a me lavar com grandes baldes d'água. Deixaram que eu mesmo limpasse minhas roupas de guerra. De repente, ninguém mais me dava tapinhas no ombro sorrindo. Pela verdade de Deus, eu me tornei intocável.

Então eles separaram para mim uma tigela, um pote, um garfo e uma colher que deixavam no canto do abrigo, na trincheira. Quando eu chegava muito tarde da noite nos dias de ataque, muito tempo depois dos outros, que vente, que chova, que neve, como diz o capitão, o cozinheiro me pedia para pegar meus utensílios. Quando ele me servia a sopa, tomava muito, muito cuidado para que sua concha não tocasse nem o fundo, nem as extremidades, nem as bordas da minha tigela.

O rumor correu. Correu enquanto se despia. Pouco a pouco, se tornou indecente. Bem vestido no início, bem decorado, bem-apessoado, bem cheio de medalhas, o rumor atrevido acabou por correr nu. Eu não percebi de imediato, não o distinguia bem, não sabia o que ele tramava. Todo mundo via o rumor correndo, mas ninguém o descrevia de fato para mim. Mas finalmente surpreendi palavras cochichadas e percebi que o estranho se tornara louco, depois que o louco se tornara feiticeiro. Soldado feiticeiro.

Que não me digam que não se precisa de loucos no campo de batalha. Pela verdade de Deus, o louco não tem medo de nada. Os outros, brancos ou negros, se fazem de loucos, interpretam a comédia da loucura furiosa para poderem se jogar tranquilamente sob as balas do inimigo do lado de lá. Isso lhes permite correr em direção à morte sem muito medo. É preciso ser realmente louco para obedecer ao capitão Armand, quando ele apita para ordenar o ataque, sabendo que não há quase nenhuma chance de voltar vivo à nossa casa. Pela verdade de Deus, é preciso ser louco para sair gritando como um selvagem do ventre da terra. As balas do inimigo do lado de lá, grãos enormes caindo do céu metálico, não têm medo dos gritos, não têm medo de atravessar as cabeças, as carnes e quebrar os ossos e cortar as vidas. A loucura temporária permite esquecer a verdade das balas. A loucura temporária é irmã da coragem na guerra.

Mas, quando damos a impressão de sermos loucos o tempo todo, continuamente, sem pausa, aí assustamos, até mesmo os nossos amigos de guerra. Aí começamos a não ser mais o irmão coragem, o enganador da morte, mas o amigo verdadeiro da morte, seu cúmplice, seu mais que irmão.

VII

Para todos, soldados negros e brancos, eu me tornei a morte. Eu sei, entendi. Sejam soldados *toubabs* ou soldados chocolates como eu, eles acham que sou um feiticeiro, um devorador do lado de dentro das pessoas, um *dëmm*. Que sempre fui, mas a guerra revelou. O rumor completamente nu afirmou que eu tinha comido o lado de dentro de Mademba Diop, meu mais que irmão, antes mesmo da sua morte. O rumor atrevido disse que era preciso desconfiar de mim. O rumor nu disse que eu devorava o lado de dentro dos inimigos do lado de lá, mas também o lado de dentro dos amigos. O rumor atrevido disse: "Cuidado, prudência. O que ele faz com as mãos cortadas? Ele nos mostra e depois elas desaparecem. Cuidado, prudência."

Pela verdade de Deus, eu vi, eu, eu Alfa Ndiaye, último filho do velho homem, vi o rumor correr atrás de mim, seminu, descarado como uma garota de vida errada. No entanto, os *toubabs* e os chocolates que viam o rumor correr atrás de mim, que casualmente puxavam sua tanga, beliscavam suas nádegas com risadinhas contidas, continuaram me sorrindo, falando comigo como se nada acontecesse, amáveis no exterior, mas aterrorizados no interior, mesmo os mais rudes, os mais durões, os mais corajosos.

Quando o capitão se preparava para apitar ordenando a saída do ventre da terra, para que nos jogássemos como selvagens, como loucos temporários, sob os pequenos grãos de ferro inimigos que não estão nem aí para os nossos gritos, ninguém mais queria ficar ao meu lado. Ninguém mais ousava cruzar comigo no tumulto da guerra, na saída das entranhas quentes da terra. Ninguém mais suportava cair sob as balas do lado de lá perto de mim. Pela verdade de Deus, fiquei sozinho na guerra.

Foi assim que as mãos inimigas, depois da quarta, me trouxeram a solidão. A solidão em meio a sorrisos, piscadelas, incentivos dos meus camaradas soldados negros ou brancos. Pela verdade de Deus, eles não querem atrair o mau-olhado do soldado feiticeiro, a má sorte do amigo da morte. Eu sei, entendi. Eles não pensam muito. Mas é certo que pensam que todas as coisas são duplas. Eu li em seus olhos. Eles pensam que os devoradores do lado de dentro dos homens são bons quando se contentam em devorar o lado de dentro dos inimigos. Mas os devoradores de almas não são bons quando comem o lado de dentro dos amigos de guerra. Quando se trata de soldados feiticeiros, nunca se sabe. Eles pensam que é preciso ser muito, muito prudente com os soldados feiticeiros, cuidar deles, sorrir para eles, conversar sobre uma coisa ou outra gentilmente, mas de longe, sem nunca se aproximar deles, sem nunca tocá-los, sem nunca encostar neles, senão é morte certa, senão é o fim.

Foi por isso que, depois de algumas mãos, quando o capitão Armand apitava ordenando o ataque, eles se colocavam a dez grandes passos de um lado e de outro de mim. Alguns, antes de sair gritando das entranhas quentes da terra, evitavam até mesmo me olhar, deter seus olhos em mim, me triscar com o olhar, como se olhar para mim fosse tocar com os olhos o próprio rosto, os braços, as mãos, as costas, as orelhas e as pernas da morte. Como se olhar para mim fosse já morrer.

O ser humano busca sempre responsabilidades absurdas nos fatos. É assim. É muito simples. Eu sei, entendi, agora posso pensar o que eu quiser. Meus camaradas de luta, brancos e negros, precisam acreditar que não é a guerra que pode matá-los, mas o mau-olhado. Eles precisam acreditar que não é uma entre as milhares de balas atiradas pelos inimigos do lado de lá que vai matá-los por acaso. Eles não gostam do acaso. O acaso é muito absurdo. Eles querem um responsável, preferem pensar que a bala inimiga que os atingirá é direcionada, guiada por alguém perverso, vil, mal-intencionado. Eles acreditam que essa pessoa perversa, ruim, mal-intencionada, sou eu. Pela verdade de Deus, eles pensam mal e muito pouco. Pensam que se estou vivo depois de todos esses ataques, se nenhuma bala me tocou, é porque sou um soldado feiticeiro. Eles pensam ardilosamente também. Eles dizem que muitos companheiros de guerra estão mortos por minha causa, por terem recebido balas que eram destinadas a mim.

É por isso que alguns me sorriam hipocritamente. É por isso que outros desviavam o olhar quando eu aparecia, outros até fechavam os olhos para que seu olhar não me tocasse, não triscasse em mim. Eu me tornei um tabu e um totem.

O totem dos Diop, de Mademba Diop, esse brincalhão, era o pavão. Ele dizia, "o pavão", e eu respondia, "o grou-coroado". Eu dizia: "Seu totem é uma ave enquanto o meu é um felino. O totem dos Ndiaye, o leão, é mais nobre do que o totem dos Diop". Eu podia me permitir repetir ao meu mais que irmão Mademba Diop que seu totem era um totem de dar risada. O parentesco de zombaria[2] substituiu a guerra, a vingança entre nossas duas famílias, entre nossos nomes de família. O parentesco de zombaria serve para lavar as velhas ofensas no riso, na chacota.

Mas um totem é mais sério. Um totem é um tabu. Não se deve comê-lo, deve-se protegê-lo. Os Diop poderiam proteger do perigo um pavão ou um grou-coroado arriscando a própria vida, porque é seu totem. Os Ndiaye não precisam proteger os leões do perigo. Um leão nunca está em perigo. Mas conta-se que os leões nunca comem um Ndiaye. A proteção vale nos dois sentidos. Eu não posso me impedir de rir ao pensar que os Diop não correm o risco de serem comidos por um pavão ou um grou-coroado. Não posso me impedir de rir quando penso novamente em Mademba Diop, que ria quando eu dizia que os Diop não tinham sido muito espertos ao escolherem o pavão ou o grou-coroado como totem. "Os Diop são fanfarrões imprevidentes como pavões. Eles se passam por orgulhosos, mas seu totem é apenas uma ave envaidecida." Era isso que fazia Mademba rir quando eu queria

---

2 No original, *parenté à plaisanterie*: uma prática social comum na África Ocidental e na África Central, que, por meio do costume, autoriza – e em alguns casos obriga – membros de uma mesma família, de determinadas etnias ou mesmos habitantes de certas regiões a se insultarem, a zombarem uns dos outros sem maiores consequências [N.T.].

debochar dele. Mademba se contentava em responder que não se escolhe seu totem, é ele que escolhe você.

    Infelizmente falei de novo sobre o seu orgulhoso totem ave na manhã da sua morte, pouco antes de o capitão Armand apitar o ataque. Foi por isso que ele saiu antes de todos, jorrou da terra gritando na direção do inimigo do lado de lá, para nos mostrar, à trincheira e a mim, que não era um fanfarrão, era corajoso. Foi por minha causa que ele saiu na frente. Foi por causa dos totens, do parentesco de zombaria e de mim, que Mademba Diop foi estripado por um inimigo semimorto de olhos azuis naquele dia.

VIII

Naquele dia, apesar de todo o seu saber, apesar de toda a sua ciência, Mademba Diop não refletiu. Eu sei, entendi, eu não deveria ter debochado do seu totem. Até aquele dia, eu não pensava muito, não refletia sobre a metade do que eu dizia. Não se encoraja um amigo, um mais que irmão, a sair do ventre da terra gritando mais alto do que os outros. Não se estimula o seu mais que irmão a uma loucura temporária num lugar onde um grou-coroado não poderia sobreviver um instante sequer; um campo de guerra onde nem a menor das plantas cresce, nem o menor dos arbustos, como se milhares de gafanhotos de ferro tivessem ali se saciado sem pausa por luas e luas. Um campo semeado com milhões de pequenos grãos metálicos que não dão nada. Um campo de batalha ferido e marcado por carnívoros.

E assim se deu. Desde que decidi pensar por mim mesmo, não me proibir nada em matéria de pensamento, entendi que não foi o inimigo do lado de lá com olhos azuis quem matou Mademba. Fui eu. Eu sei, entendi porque não acabei com a vida de Mademba quando ele me suplicava para fazê-lo. "Não se pode matar um homem duas vezes, deve ter sussurrado meu espírito com uma voz muito, muito baixa. Você já matou seu amigo de infância, deve ter sussurrado, quando você debochou do seu totem em um dia de batalha e ele foi o primeiro a se jogar para fora do ventre da terra. Espere um pouco, deve ter sussurrado meu espírito com a voz muito, muito baixa, espere um pouco. Mais tarde, quando Mademba estiver morto sem que você o tenha ajudado, você entenderá. Entenderá que não o matou, ainda que ele tenha te pedido, para não ter que se arrepender de ter acabado o trabalho sujo que você começou. Espere um pouco, deve ter sussurrado meu espírito, mais tarde você entenderá que foi você o inimigo de olhos azuis de Mademba Diop. Você o matou com suas palavras, você o estripou com suas palavras, devorou o lado de dentro do seu corpo com suas palavras."

Daí a pensar que sou um *dëmm*, um devorador de almas, não há quase nenhuma distância, quase nenhum caminho a ser percorrido. Como agora eu penso tudo que me dá na telha, posso tudo admitir a mim mesmo no mais secreto do meu espírito. Sim, eu pensei que eu devia ser um *dëmm,* um devorador do lado de dentro das pessoas. Mas disse a mim mesmo, logo após ter pensado, que eu não podia acreditar em algo assim, que isso não era possível. Nesse momento não era eu quem pensava de fato. Eu tinha deixado a porta do meu espírito aberta a outros pensamentos que eu tomava como meus. Eu não me escutava mais pensar, escutava os outros que tinham medo de mim. É preciso ter cuidado, quando acreditamos ser livres para pensar o que quisermos, para não deixar passar na surdina o pensamento disfarçado dos outros, o pensamento maquiado do pai e da mãe, o pensamento antiquado do avô, o pensamento dissimulado do irmão ou da irmã, dos amigos, até mesmo dos inimigos.

Portanto, eu não sou um *dëmm*, um devorador de almas. Quem pensa isso são aqueles que têm medo de mim. Também não sou um selvagem. Quem pensa isso são os meus chefes *toubabs* e os meus inimigos de olhos azuis. O pensamento que me é próprio, que me pertence, diz que minhas chacotas, minhas palavras ofensivas sobre seu totem, foram a causa verdadeira da morte de Mademba. Foi por causa da minha boca grande que ele jorrou gritando do ventre da terra para me mostrar o que eu já sabia, que ele era corajoso. A questão é saber porque eu ri do totem do meu mais que irmão. A questão é saber por que o meu espírito ressoou palavras tão mortíferas quanto os maxilares de um grilo de ferro em um dia de ataque.

No entanto, eu amava Mademba, meu mais que irmão. Pela verdade de Deus, eu o amava tanto. Tinha tanto medo de que ele morresse, desejava tanto que voltássemos os dois sãos e salvos para Gandiol. Faria qualquer coisa para que ele permanecesse vivo. Eu o seguia por todo lugar no campo de batalha. Assim que o capitão Armand apitava o ataque para prevenir o inimigo do lado de lá de que sairíamos gritando do ventre da terra, prevenir o inimigo para que ele se preparasse bem para nos metralhar, eu colava em Mademba para que a bala que o ferisse me ferisse, ou a bala que o matasse me matasse, ou a bala que desviasse dele desviasse de mim. Pela verdade de Deus, nos dias de ataque no campo de batalha, estávamos lado a lado, ombro a ombro. Corríamos gritando em direção aos inimigos do lado de lá no mesmo ritmo, atirávamos com nossos rifles ao mesmo tempo, éramos como dois irmãos gêmeos paridos no mesmo dia ou na mesma noite pelo ventre da terra.

Então, pela verdade de Deus, eu não entendo. Não entendo por que um belo dia insinuei que Mademba não era corajoso, não era um verdadeiro guerreiro. Pensar por si mesmo não significa necessariamente entender tudo. Pela verdade de Deus, eu não entendo por que um belo dia de batalha sangrenta, sem ter nem porquê, sabendo que eu não queria que ele morresse, que esperava que voltássemos a Gandiol sãos e salvos, ele e eu, depois da guerra, eu matei Mademba Diop com minhas palavras. Eu não entendo tudo.

IX

Na sétima mão cortada, foi demais para eles. Foi demais para todos eles, soldados *toubabs* e soldados chocolates. Os chefes e os não chefes. O capitão Armand disse que eu devia estar cansado, que eu precisava descansar custe o que custar. Para anunciar isso, ele me chamou em seu abrigo na trincheira. Foi na presença de um chocolate bem mais velho do que eu, com patente superior à minha. Um chocolate cruz de guerra constrangido com a situação, um chocolate cruz de guerra que traduziu para mim em uólofe o que o capitão queria. Pobre velho chocolate cruz de guerra, que como os outros pensava que eu era um *dëmm*, um devorador de almas, e que tremia como uma pequena folha ao vento sem ousar me encarar, a mão esquerda tensa apertando um amuleto escondido em seu bolso.

Como os outros, ele tinha medo de que eu devorasse o lado de dentro do seu corpo, de que eu o precipitasse à morte. Como os outros, brancos ou negros, o atirador

Ibrahima Seck tremia ao cruzar seu olhar com o meu. Chegada a noite, em silêncio, ele rezaria por muito tempo. Chegada a noite, rezaria seu rosário por muito tempo para se proteger de mim e da minha sujeira. Chegada a noite, se purificaria. Nesse entretempo, o veterano Ibrahima Seck estava aterrorizado por ter que me traduzir as palavras do capitão. Pela verdade de Deus, ele estava aterrorizado por ter que me informar que eu teria uma licença excepcional de um mês inteiro fora da zona de combate. Porque, para Ibrahima Seck, a ordem do capitão não deveria ser uma boa notícia para mim. Para o meu veterano, o chocolate cruz de guerra, eu não deveria estar feliz em saber que tinham me afastado da minha despensa, das minhas presas, do meu terreno de caça. Para Ibrahima Seck, um feiticeiro como eu ficaria muito, muito furioso com o portador da má notícia. Pela verdade de Deus, raramente se escapa de um soldado feiticeiro que foi privado por um mês inteiro do seu alimento, de todas as suas almas, inimigas ou amigas, a serem devoradas no campo de batalha. Para Ibrahima Seck, eu só podia responsabilizá-lo pela perda de todos esses lados de dentro dos soldados amigos e inimigos a serem comidos. Então, para afastar o mau-olhado, para não sofrer as consequências da minha fúria, para poder mostrar um dia sua cruz de guerra aos seus netos, o veterano Ibrahima Seck começava sempre cada uma de suas frases traduzidas com essas mesmas palavras: "O capitão disse que...".

"O capitão Armand disse que você deveria descansar. O capitão disse que você é realmente muito, muito corajoso, mas está muito, muito cansado também. O capitão disse que ele saúda sua bravura, sua muito, muito grande bravura. O capitão disse que você irá ganhar a cruz de guerra como eu... Ah! Você já tem?... O capitão disse que talvez você ganhe outra."

Então sim, eu sei, entendi que o capitão Armand não me queria mais no campo de batalha. Por trás das palavras traduzidas pelo veterano chocolate cruz de guerra Ibrahima Seck, eu soube, entendi que eles estavam fartos das minhas sete mãos decepadas trazidas à nossa casa. Sim, entendi, pela verdade de Deus, que no campo de batalha o que se quer é apenas uma loucura temporária. Nada de loucos ininterruptos. Quando o ataque acaba, devemos guardar nossa raiva, nossa dor, nossa fúria. A dor é tolerável, podemos trazê-la para casa à condição de guardá-la conosco. Mas a raiva e a fúria, não se deve levá-las para a trincheira. Antes de voltar, devemos nos despir da raiva e da fúria, nos livrar delas, caso contrário não jogaremos mais o jogo da guerra. Depois do apito do capitão sinalizando a retirada, a loucura é um tabu.

Eu soube, entendi que o capitão e Ibrahima Seck, o atirador chocolate cruz de guerra, não queriam mais o furor da guerra em nossa casa. Pela verdade de Deus, entendi que, para eles, com minhas sete mãos cortadas era como se eu trouxesse gritos e uivos para um lugar calmo. Quando se vê a mão cortada do inimigo do lado de lá, não é possível se impedir de pensar: "E se fosse eu?". Não é possível se impedir de dizer a si mesmo: "Estou farto desta guerra". Pela verdade de Deus, depois da batalha, nós nos tornamos novamente humanos em relação ao inimigo. Não é possível se alegrar por muito tempo com o medo do inimigo do lado de lá, porque nós mesmos temos medo. Com as mãos cortadas, o medo passa do lado de fora para o lado de dentro da trincheira.

"O capitão Armand disse que novamente agradece por sua coragem. O capitão disse que você tem um mês de

licença. O capitão disse que gostaria de saber onde você...
escondeu, ãh... guardou as mãos cortadas."

Então, sem hesitar, escutei a mim mesmo respondendo:
"Não tenho mais as mãos".

X

Pela verdade de Deus, o capitão e o meu veterano Ibrahima Seck me tomam por idiota. Talvez eu seja um pouco estranho, mas não idiota. Eu nunca revelaria o esconderijo das minhas mãos cortadas. São as minhas mãos, eu sei a que olhos azuis elas pertenceram. Conheço a procedência de cada uma delas. Elas tinham no dorso pelos loiros ou ruivos, raramente pretos. Algumas eram carnudas, outras secas. Suas unhas eram pretas no momento em que eu as separei do braço. Uma dentre elas era menor do que as outras, como se pertencesse a uma mulher ou a uma criança grande. Pouco a pouco elas foram endurecendo, antes de apodrecerem. Então, para guardá-las, depois da segunda, esgueirei-me para a cozinha da trincheira da nossa casa, deixei-as muito, muito bem polvilhadas com sal grosso, e as coloquei no forno aceso sob a cinza quente. Ficaram lá por uma noite inteira. De manhã, muito, muito cedo, peguei-as de volta. Depois, no dia seguinte, eu as recoloquei no mesmo lugar após tê-las salgado novamente. E assim sucessivamente, até que ficassem como peixes secos. Sequei as mãos dos olhos azuis, um pouco como se seca o peixe em minha terra a fim de conservá-lo por mais tempo.

Agora as minhas sete mãos – sete de oito, falta-me uma devido às chacotas de Jean-Baptiste – minhas sete mãos perderam suas características. Estão todas iguais, todas bronzeadas e brilhantes como couro de dromedário, não têm mais seus pelos loiros, ruivos ou pretos. Pela verdade de Deus, não têm mais sardas ou pintas. São todas de um marrom-escuro. Mumificaram-se. Sua carne seca não tem mais nenhuma chance de apodrecer. Quase ninguém poderá farejá-las, salvo os ratos. Elas estão em um lugar seguro.

Eu achei que tivesse apenas sete porque meu camarada Jean-Baptiste, o brincalhão, zombeteiro, me roubou uma. Eu não me importei porque era minha primeira mão cortada e começava a apodrecer. Eu ainda não sabia o que fazer com as mãos. Ainda não tinha tido a ideia de secá-las, tal como as mulheres dos pescadores de Gandiol fazem com o peixe.

Em Gandiol, deixa-se o peixe de rio ou de mar secar sob o sol e sob a fumaça depois de tê-lo salgado muito, muito bem. Aqui não há sol de verdade. Há apenas um sol frio que não seca nada. A lama permanece lama. O sangue não seca. Nossos uniformes só secam ao calor do fogo. É por isso que fazemos fogueira. Não apenas para tentar nos aquecer: sobretudo para tentar nos secar.

Mas nossas fogueiras são minúsculas na trincheira. É proibido fazer grandes fogueiras, disse o capitão. Porque não há fumaça sem fogo, disse o capitão. Os inimigos do lado de lá, ao verem escapar uma fumaça da nossa casa, ao perceberem o menor sinal de fumaça, até mesmo a dos cigarros, caso tenham bons e argutos olhos azuis, ajustarão o arsenal e nos bombardearão. Como nós, o inimigo do lado de lá bombardeia aleatoriamente na trincheira. Como nós, o inimigo envia uma rajada aleatória, até mesmo nos dias de trégua quando não há ataque. Então, o melhor é não dar indícios aos artilheiros inimigos. O melhor, pela verdade de Deus, é evitar lhes mostrar nossas posições por meio da fumaça azul do fogo. É por isso que nossos uniformes nunca estão secos, é por isso que nossa roupa de baixo e todas as nossas vestes estão sempre úmidas. Então tentamos fazer pequenas fogueiras sem fumaça. Orientamos o duto do forno da cozinha para a parte de trás. E assim, pela verdade de Deus, tentamos ser mais espertos do que os inimigos de argutos olhos azuis. O forno da cozinha era o único lugar onde eu podia secar minhas mãos. Pela verdade de Deus, salvei-as todas, até mesmo a segunda e a terceira, que já estavam em um estado bastante avançado de putrefação.

No início, meus companheiros de trincheira ficavam tão felizes que eu trouxesse as minhas mãos que até as tocavam. Da primeira à terceira eles ousaram tocar. Alguns até se divertiam cuspindo nelas. Desde o meu retorno ao ventre da terra com a minha segunda mão inimiga, meu camarada Jean-Baptiste passou a vasculhar as minhas coisas. Ele roubou a minha primeira mão e eu não me importei, pois ela começava a apodrecer e atrair ratos. Eu nunca gostei da minha primeira mão, ela não era bonita. Em seu dorso havia longos pelos ruivos e eu não a cortei direito, não a separei direito do braço porque ainda não tinha o costume. Pela verdade de Deus, meu facão não era tão bem afiado naquela época. Depois, com a ajuda da experiência, a partir da quarta mão eu passei a separá-las do braço inimigo com um só golpe, um só golpe muito seco com a lâmina do meu facão que eu passava horas afiando antes dos ataques apitados pelo capitão.

Então meu amigo Jean-Baptiste foi vasculhar minhas coisas para roubar a minha primeira mão, da qual eu não gostava muito. Jean-Baptiste foi o meu único verdadeiro amigo branco na trincheira. Foi o único *toubab* que veio até mim depois da morte de Mademba Diop para me consolar. Os outros me deram tapinhas no ombro, os chocolates recitaram as preces ritualísticas antes que o corpo de Mademba fosse retirado. Os soldados chocolates não tocaram mais no assunto, porque para eles Mademba era apenas um morto em meio a todos os outros. Como eu, eles também tinham perdido amigos mais que irmãos. Eles também choravam seus mortos no interior de si mesmos. Apenas Jean-Baptiste fez mais do que me dar tapinhas no ombro quando eu trouxe o corpo estripado de Mademba Diop de volta à trincheira. Jean-Baptiste, com sua cabeça redonda e seus olhos salientes, cuidou de mim. Jean-Baptiste, com sua pouca altura e suas pequenas mãos, ajudou a limpar minhas roupas. Jean-Baptiste me deu tabaco. Jean-Baptiste compartilhou comigo seu pão. Jean-Baptiste compartilhou comigo seu riso.

Por isso, quando Jean-Baptiste vasculhou minhas coisas para me roubar a primeira mão inimiga, não me importei.

Jean-Baptiste brincou muito com essa mão cortada. Jean-Baptiste riu muito com essa mão inimiga que começava a apodrecer. Na manhã em que ele a roubou, no café da manhã, quando mal tínhamos acordado, ele apertou a mão de todos, um a um. Depois de ter cumprimentado todo mundo, soubemos, entendemos que ele havia estendido a mão cortada do inimigo em vez da sua, que estava escondida na manga do seu uniforme.

Foi Albert quem herdou a mão inimiga. Albert deu um grito quando se deu conta de que Jean-Baptiste havia deixado em sua mão a mão inimiga. Albert deu um grito e jogou a mão inimiga no chão, todos riram e todos debocharam dele, até os oficiais subalternos, até o capitão, pela verdade de Deus. Então Jean-Baptiste vociferou: "Bando de idiotas, vocês todos apertaram a mão de um inimigo, devem todos se submeter a uma Corte Marcial!". Então todo mundo riu novamente, até mesmo o chocolate veterano cruz de guerra Ibrahima Seck, que traduzia para nós as palavras vociferadas por Jean-Baptiste.

XI

Mas, pela verdade de Deus, essa primeira mão cortada não trouxe sorte a Jean-Baptiste. Jean-Baptiste não permaneceu por muito tempo meu amigo. Não porque não gostássemos mais um do outro, mas porque Jean-Baptiste morreu. Ele morreu de uma morte muito, muito feia. Morreu com minha mão inimiga presa em seu capacete. Jean-Baptiste gostava de rir demais, de bancar o idiota demais. Há limites, não é bom brincar com as mãos inimigas sob os olhos azuis gêmeos dos inimigos. Jean-Baptiste não deveria tê-los provocado, não deveria tê-los desafiado. Os inimigos do lado de lá ficaram ressentidos. Não gostaram de ver a mão de um companheiro enfiada na ponta de uma baioneta Rosalie. Cansaram de vê-la se agitando no céu da nossa trincheira. Pela verdade de Deus, eles ficaram fartos das bobagens de Jean-Baptiste que gritava a plenos pulmões, a mão do companheiro morto pendurada na baioneta: "boches imundos, boches imundos!". Parecia que Jean-Baptiste enlouquecera, e eu soube, entendi o porquê.

Jean-Baptiste se tornou um provocador. Jean-Baptiste tentava chamar a atenção dos olhos azuis inimigos por trás dos seus binóculos desde que recebera uma carta perfumada. Eu soube, entendi ao ver seu rosto enquanto lia essa carta. O rosto de Jean-Baptiste era uma explosão de riso e de luz antes de abrir essa carta perfumada. Quando acabou de ler a carta perfumada, o rosto de Jean-Baptiste ficou acinzentado. Não havia mais luz. Restou-lhe apenas o riso. Mas seu riso não era mais de felicidade. Tornou-se um riso de tristeza. Um riso chorado, um riso desagradável, um falso riso. Desde a carta perfumada, Jean-Baptiste se valia da minha primeira mão inimiga para emitir sinais grosseiros aos inimigos do lado de lá. Jean-Baptiste os xingava de filhos da puta enquanto agitava no céu da nossa trincheira, pendurada na ponta da Rosalie do seu rifle, a mão inimiga com o dedo do meio levantado. E gritava: "boches filhos da puta, boches filhos de uma grande puta!", brandindo o rifle com toda a força para que os olhos azuis gêmeos recebessem a sua mensagem, para que identificassem com clareza o dedo do meio estirado.

O capitão Armand mandou Jean-Baptiste calar a boca. Agitar-se como ele não era bom para ninguém. Era como se Jean-Baptiste fizesse uma fogueira na trincheira. Seu insulto tinha o poder da fumaça. O poder de ajudar o inimigo do lado de lá a ajustar o seu tiro. Era como se ele próprio se mostrasse aos inimigos. Não valia a pena morrer sem que o capitão tivesse ordenado. Pela verdade de Deus, como o capitão e os outros, eu soube, entendi que Jean-Baptiste queria morrer, queria provocar os olhos azuis dos inimigos para que eles o encontrassem.

Então, na manhã de um ataque apitado pelo capitão em que saímos do ventre da terra gritando, os inimigos de olhos azuis não nos metralharam imediatamente. Os inimigos de olhos azuis esperaram vinte respirações antes de atirar em nossa direção, o tempo de identificar Jean-Baptiste. Pela verdade de Deus, para identificá-lo, não foi preciso nem vinte respirações. Eu sei, entendi, nós todos entendemos porque eles esperaram para nos metralhar. Os inimigos de olhos azuis, como disse o capitão, guardavam rancor de Jean-Baptiste. Pela verdade de Deus, eles não aguentavam mais escutá-lo gritar "boches filhos da puta!", enquanto a mão do seu companheiro, enfiada na ponta de uma baioneta Rosalie, agitava-se no céu da nossa trincheira. Os inimigos do lado de lá se preparavam para matar Jean-Baptiste no próximo ataque francês. Eles diziam entre si: "Vamos matar esse cara de um jeito sujo para servir de exemplo".

E o idiota do Jean-Baptiste, que parecia querer morrer a todo custo, fez de tudo para facilitar a tarefa. Ele fixara a mão inimiga na parte da frente do seu capacete. E como ela estava em um estado avançado de putrefação, ele a enrolou com tecido branco, embrulhou-a dedo a dedo, como disse o capitão. E Jean-Baptiste fez as coisas bem-feitas, pois via-se muito bem essa mão presa na parte da frente do seu capacete, o dedo do meio levantado, os outros abaixados. Os inimigos de olhos azuis não tiveram dificuldade para encontrá-la. Eles tinham binóculos. Com seus binóculos, viram uma mancha branca no topo do capacete de um soldado de pouca altura. Devem ter levado cinco respirações. Ajustaram os binóculos e viram essa pequena mancha branca com o dedo do meio levantado. Cinco outras respirações ofegantes. Mas para ajustar o tiro devem ter levado mais tempo, dez respirações lentas ao menos, pois tinham muita raiva de Jean-Baptiste por tê-los provocado com a mão do seu companheiro.

Eles tinham preparado algo pesado. Tão logo conseguiram ver a mão no visor do canhão, vinte respirações depois do ataque apitado pelo capitão, devem ter ficado felizes, os inimigos do lado de lá. Devem, inclusive, ter ficado muito, muito felizes quando viram através dos seus binóculos a cabeça de Jean-Baptiste voando. Sua cabeça, seu capacete e a mão inimiga que ele fixara, pulverizados. Eles devem ter ficado em um estado de alegria extrema, os inimigos de olhos azuis gêmeos, ao verem a sua desonra pulverizada na cabeça do culpado. Pela verdade de Deus, eles devem ter oferecido tabaco àquele que executou esse lindo golpe. No fim do ataque, eles devem ter dado tapinhas em seu ombro e lhe oferecido bebida. Devem tê-lo aplaudido por esse tiro de mestre artilheiro. Devem, talvez, ter inventado uma canção em sua homenagem.

Pela verdade de Deus, foi talvez essa canção em sua homenagem que eu escutei jorrar da trincheira na noite do ataque em que Jean-Baptiste foi morto, na noite em que decepei a quarta mão de um inimigo do lado de lá, depois de ter colocado o lado de dentro do seu corpo do lado de fora, no coração da terra de ninguém, como diz o capitão.

XII

Escutei nitidamente os inimigos de olhos azuis gêmeos cantarem, pois naquela noite eu estava muito perto da sua trincheira. Pela verdade de Deus, rastejei muito perto da casa deles sem que me vissem e esperei que parassem de cantar para capturar um deles. Esperei que o silêncio se instalasse, que eles adormecessem, e capturei um deles como se extrai uma criança do ventre da sua mãe, com uma violência doce para atenuar o choque, atenuar o barulho. Peguei um deles assim, diretamente da trincheira, pela primeira e última vez. Peguei um deles assim porque eu esperava capturar o mestre artilheiro que matara Jean-Baptiste. Naquela noite, pela verdade de Deus, corri muitos riscos para vingar meu amigo Jean-Baptiste que tinha querido morrer por causa de uma carta perfumada.

Rastejei por horas sob os arames farpados para chegar perto da trincheira inimiga. Me cobri de lama para que não me vissem. Logo depois do obus que decapitou Jean-Baptiste, me joguei no chão e rastejei por horas na lama. O capitão Armand já há muito tempo apitara o fim do ataque quando cheguei bem perto da trincheira inimiga, também aberta como o sexo de uma mulher imensa, uma mulher do tamanho da Terra. Então me aproximei ainda mais do parapeito do mundo inimigo e esperei, esperei. Por muito tempo cantaram canções de homens, canções de guerreiros sob as estrelas. Esperei, esperei que eles adormecessem. À exceção de um. À exceção de um que se encostou na parede da trincheira para fumar. Não se deve fumar na guerra, chama-se a atenção. Eu o encontrei por causa da fumaça do seu tabaco, graças à fumaça azul que subia no céu da sua trincheira.

Pela verdade de Deus, corri um risco enorme. No momento em que vi, alguns passos à minha esquerda, a fumaça azul se elevando no céu negro, rastejei como uma serpente ao longo da trincheira. Eu estava coberto de lama da cabeça aos pés. Estava como uma serpente mamba, que adquire a cor da terra que a vê rastejar. Estava invisível e rastejei, rastejei, rastejei o mais rápido que pude para chegar o mais próximo possível da fumaça azul soprada no ar negro pelo soldado inimigo. Realmente, corri um risco enorme e foi por isso que o que fiz naquela noite por meu amigo branco que queria morrer na guerra, fiz apenas uma só vez.

Sem saber o que se passava na trincheira, sem ver coisa alguma, joguei ao acaso minha cabeça e meus braços na trincheira inimiga. Enfiei às cegas o meu tronco na trincheira para capturar o inimigo de olhos azuis que fumava ali embaixo. Pela verdade de Deus, tive sorte, a trincheira não era coberta nesse local. Tive sorte, o soldado inimigo que soprava a fumaça azul no céu negro da sua trincheira estava só. Tive a sorte de poder colocar a mão sobre sua boca antes que ele pudesse gritar. Pela verdade de Deus, tive a sorte de o proprietário do meu quarto troféu ser pequeno e leve como um garoto de quinze ou dezesseis anos. Na minha coleção de mãos, foi ele quem me deu a menor delas. Naquela noite, tive a sorte de não ter sido notado pelos amigos, os camaradas do pequeno soldado de olhos azuis. Deviam estar todos dormindo, extenuados pelo ataque do dia em que Jean-Baptiste fora o primeiro a ser morto pelo mestre artilheiro. Após a queda da cabeça de Jean-Baptiste, eles atiraram sem pausas para respirar, furiosos. Muitos camaradas da nossa casa morreram naquele dia. Mas eu consegui correr, atirar, me jogar de bruços e rastejar sob os arames farpados. Atirar correndo, me jogar de bruços e rastejar na terra de ninguém, como diz o capitão.

Pela verdade de Deus, os inimigos do lado de lá estavam todos cansados. Naquela noite, baixaram a guarda depois da cantoria. Não sei por que o pequeno soldado inimigo não estava cansado naquela noite. Por que foi fumar o seu tabaco enquanto seus camaradas se retiraram para dormir? Pela verdade de Deus, foi o destino que me fez capturá-lo, ele e não outro. Estava escrito lá em cima que era ele quem eu iria buscar em plena noite, no vão quente da trincheira inimiga. Agora eu sei, entendi que nada é simples nos escritos lá de cima. Eu sei, entendi, mas não contarei a ninguém, porque eu penso o que quero apenas para mim mesmo desde que Mademba morreu. Acho que entendi que o que está escrito lá em cima não é, senão, uma cópia daquilo que o homem escreve aqui embaixo. Pela verdade de Deus, acho que Deus está sempre atrasado em relação a nós. Ele só pode constatar os estragos. Ele não pode ter querido que eu capturasse o pequeno soldado de olhos azuis no vão quente da trincheira inimiga.

O proprietário da quarta mão da minha coleção não fizera nada de errado, creio eu. Li em seus olhos azuis quando o estripei na terra de ninguém, como diz o capitão. Vi em seus olhos que ele era um bom rapaz, bom filho, ainda muito jovem para ter conhecido uma mulher, mas certamente um futuro bom marido. E eis que foi preciso que eu caísse sobre ele como a desgraça e a morte recaem sobre o inocente. É isso a guerra: é quando Deus se atrasa na música dos homens, quando não consegue desemaranhar, ao mesmo tempo, as linhas de tantos destinos. Pela verdade de Deus, não se pode querer mal a Deus. Quem sabe ele não quis punir os pais do pequeno soldado inimigo fazendo com que ele morresse pela minha mão negra na guerra? Quem sabe ele não quis punir seus avós, porque não teve tempo de corrigir os erros deles castigando os seus próprios filhos? Quem sabe? Pela verdade de Deus, talvez Deus tenha se atrasado na punição da família do pequeno soldado inimigo. Estou em uma boa posição para saber que ele os puniu severamente através do seu neto ou do seu filho. Porque o pequeno soldado inimigo sofreu como os outros quando tirei todo o seu lado de dentro do corpo para deixá-lo exposto, do lado de fora, um pequeno montinho ao seu lado, enquanto ele ainda estava vivo. Mas eu realmente tive muito, muito rapidamente piedade dele. Atenuei a punição dos seus pais que recaía sobre ele, ou dos seus avós. Eu o deixei suplicar, os olhos cheios de lágrimas, apenas uma única vez antes de matá-lo. Não podia ter sido ele quem estripou meu mais que irmão Mademba Diop. Também não podia ter sido ele quem pulverizou com um pequeno golpe de obus a cabeça do meu amigo Jean-Baptiste, o brincalhão desesperado por conta de uma carta perfumada.

Ou talvez o pequeno soldado inimigo de olhos azuis estivesse de guarda quando me joguei precipitadamente na trincheira quente, os braços estendidos, sem saber quem apanharia. Eu o carreguei com o rifle preso em seu ombro. Um soldado de guarda não deve fumar. No coração da noite mais negra, a pequena fumaça azul é visível. Foi assim que encontrei meu pequeno soldado de olhos azuis, portador do meu quarto troféu, minha quarta mão. Mas pela verdade de Deus, tive piedade dele na terra de ninguém. Eu o matei já na primeira súplica dos seus olhos azuis banhados de lágrimas. Deus o tinha colocado de guarda.

Foi após meu retorno à nossa trincheira com minha pequena quarta mão e o rifle que ela limpara, lubrificara, carregara e descarregara, que meus camaradas soldados, brancos ou negros, passaram a me evitar como se evita a morte. Quando voltei à nossa casa rastejando pela lama, como uma mamba negra que retorna ao seu ninho depois da caça ao rato, ninguém mais ousou me tocar. Ninguém mais se alegrou em me rever. Eles devem ter pensado que a primeira mão trouxe má sorte a esse pequeno louco que era Jean-Baptiste, e que o mau-olhado recairia sobre aqueles que me tocassem, ou mesmo me olhassem. E depois, desde então, Jean-Baptiste não estava mais lá para suscitar nos outros o lado bom da alegria de me rever vivo. Todas as coisas são duplas: uma face boa, uma face má. Jean-Baptiste, quando ainda estava vivo, mostrava aos outros o lado bom dos meus troféus. "Olha aí, lá vem nosso amigo Alfa com uma nova mão e o rifle que a acompanha. Alegremo-nos, camaradas, são balas boches a menos sobre nós! Menos mãos de boches, menos balas boches. Glória a Alfa!" Os outros soldados, negros ou brancos, chocolates ou *toubabs*, eram então induzidos a me felicitar por eu ter levado meus troféus à nossa trincheira aberta ao céu. Todos me aplaudiram até a terceira mão. Eu era corajoso, era uma força da natureza, como o capitão disse diversas vezes. Pela verdade de Deus, eles me davam bons pedaços de comida, ajudavam a me lavar, principalmente Jean-Baptiste, que me adorava. Mas, na noite da morte de Jean-Baptiste, logo após meu retorno à nossa trincheira, como uma mamba que desliza para o seu ninho subterrâneo depois da caça, eles fugiram de mim como se foge da morte. A face má dos meus crimes prevaleceu sobre a face boa. Os soldados chocolates começaram a cochichar que eu era um soldado feiticeiro, um *dëmm*, um devorador de almas, e os soldados *toubabs* começaram a acreditar. Pela verdade de Deus, todas as coisas possuem em si seu contrário. Até a terceira mão, eu era um herói de guerra, a partir da quarta, eu me tornei um louco perigoso, um selvagem sanguinário. Pela verdade de Deus, assim vão as coisas, assim vai o mundo: todas as coisas são duplas.

XIII

Eles me tomaram por um idiota, coisa que não sou. O capitão e o veterano atirador chocolate cruz de guerra Ibrahima Seck queriam as minhas sete mãos para me incriminar. Pela verdade de Deus, eles queriam provas da minha selvageria para que eu fosse preso, mas eu jamais lhes diria onde escondi minhas sete mãos. Eles não as encontrariam. Não podiam imaginar em que lugar sombrio elas repousavam secas e embrulhadas com tecido. Pela verdade de Deus, sem essas sete provas, eles não teriam outra escolha senão me retirar temporariamente da zona de combate a fim de que eu descansasse. Pela verdade de Deus, eles não teriam outra escolha senão esperar que, no retorno do meu descanso, os soldados de olhos azuis gêmeos me matassem para se livrar de mim sem muito alarde. Na guerra, quando se tem um problema com um dos próprios soldados, faz-se com que ele seja morto pelos inimigos. É mais prático.

Entre a minha quinta e a minha sexta mão, os soldados *toubabs* não quiseram mais obedecer ao capitão Armand quando ele apitava o ataque. Um belo dia eles disseram: "Basta, não aguentamos mais!". Chegaram a dizer ao capitão Armand: "É inútil que você apite o ataque para alertar o inimigo do lado de lá a nos metralhar na saída da trincheira, nós não sairemos mais. Nos recusaremos a morrer por seu apito!". Então o capitão respondeu: "Ah é? Quer dizer que não querem mais obedecer?". Os soldados *toubabs* imediatamente disseram: "Não, não queremos mais obedecer ao seu apito de morte!". Quando o capitão teve a certeza de que eles não queriam mais obedecer, quando viu também que não eram mais que sete, e não os cinquenta do início, ele trouxe até nós os sete soldados culpados e ordenou: "Amarrem as mãos deles atrás das costas!". Quando estavam com as mãos atadas nas costas, o capitão gritou: "Vocês são uns covardes, são a vergonha da França! Vocês têm medo de morrer pela pátria, mas vão morrer hoje mesmo!".

Então, o que o capitão nos fez fazer foi muito, muito feio. Pela verdade de Deus, nunca teríamos acreditado que trataríamos nossos camaradas como os inimigos do lado de lá. O capitão nos disse para mantê-los sob a mira dos nossos rifles carregados e abatê-los, caso não obedecessem a sua última ordem. Estávamos de um lado da trincheira, onde ela se abre para o céu da guerra, e os companheiros traidores de outro, a alguns passos de nós. Os companheiros traidores nos viraram as costas, encarando pequenas escadas. Sete pequenas escadas. As pequenas escadas que subimos para sair da trincheira quando partimos para o ataque do inimigo do lado de lá. Então, no momento em que todos estavam em seus lugares, o capitão gritou: "Vocês traíram a França! Mas aqueles que obedecerem a minha última ordem ganharão uma cruz de guerra póstuma. Os outros, escreveremos às suas famílias informando que são desertores, traidores vendidos ao inimigo. Para os traidores, nenhuma pensão militar. Nada para a esposa, nada para a família!". Depois o capitão apitou o ataque para que nossos companheiros jorrassem da nossa trincheira e fossem abatidos pelo inimigo do lado de lá.

Pela verdade de Deus, eu nunca vi nada tão feio. Antes mesmo que o capitão apitasse o ataque, alguns de nossos sete companheiros traidores batiam os dentes, outros se borravam nas calças. Quando o capitão apitou, foi horrível. Se a situação não fosse tão grave, teríamos quase rido. Como nossos companheiros traidores estavam com as mãos atadas atrás das costas, foi difícil de subir os seis ou sete degraus das escadas de ataque. Eles tropeçavam, escorregavam, caíam de joelhos gritando de medo porque os inimigos de olhos azuis gêmeos não demorariam a entender que o capitão estava lhes oferecendo presas. Pela verdade de Deus, assim que o mestre artilheiro que matara meu companheiro Jean-Baptiste viu os presentes que lhe estavam sendo oferecidos, ele enviou três obuses maliciosos que erraram seu primeiro alvo. Mas o quarto explodiu em um companheiro traidor que acabara de sair da trincheira, um companheiro traidor corajoso por sua esposa e seus filhos, e cujo lado de dentro do corpo jorrou por completo, respingando em nós o seu sangue negro. Pela verdade de Deus, eu já estava acostumado, mas meus camaradas soldados brancos e negros não estavam. E todos nós choramos muito, principalmente nossos companheiros traidores condenados a sair da trincheira para serem massacrados um a um, sem isso nada de cruz de guerra póstuma, dissera o capitão. Portanto, nenhuma pensão para os pais, nenhuma pensão para a esposa, nenhuma pensão para os filhos.

Pela verdade de Deus, o líder dos companheiros traidores foi corajoso. O líder dos companheiros traidores se chamava Alphonse. Pela verdade de Deus, Alphonse era um verdadeiro guerreiro. Um verdadeiro guerreiro não tem medo de morrer. Alphonse saiu da nossa trincheira tropeçando como um enfermo e gritando: "Agora sei por que devo morrer! Agora sei por quê. Morro por sua pensão, Odette! Te amo, Odette! Te amo, Ode..." E depois um quinto pequeno obus malicioso também o decapitou, como aconteceu com Jean-Baptiste, porque o mestre artilheiro do lado de lá estava começando a pegar o jeito. Chuva de cérebro sobre nós e sobre os outros companheiros traidores, que gritavam de terror porque deviam morrer como o líder traidor Alphonse. Pela verdade de Deus, nós todos choramos a morte do líder dos companheiros traidores. Foi o veterano cruz de guerra chocolate Ibrahima Seck quem traduziu para nós o que Alphonse gritara. Odette teve sorte de tê-lo como marido. Alphonse era um alguém de valor.

Mas depois de Alphonse, ainda restavam cinco. Restavam cinco a serem mortos após o líder dos companheiros traidores. Um dentre eles voltou-se para nós chorando e gritando: "Piedade! Piedade! Camaradas... Camaradas... Piedade...". Esse companheiro traidor era Albert, que pouco se importava com a cruz de guerra, com sua esposa, com seus filhos. Talvez nem os tivesse. O capitão disse: "Fogo!", e atiramos. Agora restavam quatro. Quatro companheiros traidores sobreviventes temporários. Esses quatro companheiros traidores foram corajosos por sua família. Esses quatro companheiros traidores surgiram um a um da trincheira, cambaleantes como galinhas recém decapitadas ainda capazes de correr um pouco. Mas o mestre artilheiro inimigo do lado de lá, no tempo de trinta respirações, parecia estar farto de desperdiçar seus pequenos obuses. Ele parecia esperar, durante trinta respirações, para observar em seus binóculos as oferendas que lhe estavam sendo enviadas. Dois deles já tinham caído, após três tiros perdidos. Cinco pequenos obuses, seria o bastante. Na guerra não se deve desperdiçar munições pesadas em prol dos belos olhos dos inimigos do lado de lá, como diz o capitão. E os quatro últimos companheiros traidores foram mortos por simples metralhadoras, em grupo, com seus últimos gritos presos na garganta.

Pela verdade de Deus, depois da morte dos sete companheiros traidores ordenada pelo capitão, não houve mais revolta. Não houve mais rebelião. Pela verdade de Deus, eu sei, entendi que se o capitão quisesse me matar pelas mãos dos inimigos do lado de lá, tão logo eu voltasse da minha licença fora da zona de combate, ele conseguiria. Eu sei, entendi que se ele quisesse a minha morte, ele a teria.

Mas o capitão não precisava saber que eu sabia. Pela verdade de Deus, não era preciso dizer onde estavam as mãos cortadas. Então respondi ao capitão, que me perguntava pela voz do veterano chocolate cruz de guerra Ibrahima Seck onde tinham ido parar as mãos cortadas dos inimigos do lado de lá, que eu não sabia, que as tinha perdido, que talvez um dos companheiros traidores as tivesse roubado para nos prejudicar. "Ok, ok, respondeu o capitão, que as mãos permaneçam onde estão. Que as mãos permaneçam invisíveis. Tudo bem, tudo bem... Mas ainda assim você deve estar cansado. O seu jeito de fazer guerra é um pouco selvagem demais. Eu nunca dei ordem para cortar as mãos inimigas! Não é lícito. Mas fecho os olhos porque você é cruz de guerra. No fundo, você entendeu bem o que significa ir à guerra para um chocolate. Você vai descansar um mês fora da zona de combate e voltará novamente pronto para a guerra. Você deve prometer que em seu retorno não mais mutilará os inimigos, compreendido? Você deve se contentar em matá-los, não em mutilá-los. A guerra civilizada proíbe. Entendido? Você parte amanhã."

Eu não teria entendido nada do que o capitão estava me dizendo se Ibrahima Seck, meu veterano cruz de guerra chocolate, não tivesse traduzido para mim, começando todas as frases por "O capitão Armand disse que...". Mas eu contei por volta de vinte respirações durante o discurso do capitão e apenas doze no discurso do meu veterano Ibrahima Seck. Portanto, há algo do discurso do capitão que o cruz de guerra chocolate não traduziu.

O capitão Armand é um homem pequeno de olhos negros gêmeos mergulhados em uma cólera contínua. Seus olhos negros são cheios de ódio por tudo que não é guerra. Para o capitão, a vida é a guerra. O capitão ama a guerra como se ama uma mulher caprichosa. O capitão transfere todos os seus caprichos para a guerra. Ele a cobre de presentes, alimenta-a sem medidas com as vidas dos soldados. O capitão é um devorador de almas. Eu sei, entendi que o capitão Armand era um *dëmm* que precisava da sua mulher, a guerra, para sobreviver, assim como ela precisava de um homem como ele para ser sustentada.

Eu sei, entendi que o capitão Armand faria o possível para continuar fazendo amor com a guerra. Entendi que ele me tomava por um rival perigoso que poderia estragar tudo em seu *tête-à-tête* com a guerra. Pela verdade de Deus, o capitão não me queria mais. Eu soube, entendi que em meu retorno eu corria o risco de ser designado para outro lugar. Pela verdade de Deus, eu precisava então pegar de volta minhas mãos lá onde eu as tinha escondido. Mas eu também soube, entendi que era isso que o capitão queria. Eu seria vigiado, talvez até pelo meu veterano cruz de guerra chocolate Ibrahima Seck. Pela verdade de Deus, ele queria minhas sete mãos para utilizá-las como prova e me fuzilar, para se proteger, para continuar dormindo com a guerra. Ele vasculharia minhas malas antes da minha partida. Mas não sou idiota. Pela verdade de Deus, eu soube, eu entendi como deveria agir.

XIV

Eu estou bem, estou confortável fora da zona de combate. Aqui onde estou, não faço quase nada por mim mesmo. Durmo, como, belas jovens mulheres vestidas inteiramente de branco cuidam de mim, e é isso. Aqui não há o estrondo das explosões, das metralhadoras, dos pequenos obuses assassinos enviados pelo inimigo do lado de lá.

Para aqui onde estou, fora da zona de combate, não vim sozinho. Vim acompanhado das minhas sete mãos inimigas. Eu as fiz passar bem embaixo do nariz do capitão. Bem embaixo do nariz, como dizia Jean-Baptiste. Pela verdade de Deus, simplesmente as escondi no fundo da minha maleta de soldado. Apesar do embrulho, fitas do mesmo tecido branco que usei para envolvê-las cuidadosamente, reconheço cada uma delas. Meus amigos de guerra, soldados negros e brancos que receberam a ordem do capitão de revistar minhas coisas no momento da minha partida, não ousaram abrir minha maleta. Pela verdade de Deus, eles tiveram medo. Eu contribuí para que tivessem medo. No lugar do cadeado, preso por um barbante no fecho da minha maleta, coloquei um amuleto. Pela verdade de Deus, um belo amuleto que o meu pai, esse velho homem, me deu quando parti para a guerra. Sobre esse belo amuleto de couro vermelho, desenhei algo que afugentou os espiões das minhas coisas, negros ou brancos, chocolates ou *toubabs*. Eu me dediquei com afinco a esse desenho, pela verdade de Deus. Sobre o amuleto de couro vermelho, com a ajuda de um pequeno osso de rato bem pontiagudo mergulhado nas cinzas misturadas ao óleo de lâmpada, desenhei uma pequena mão completamente negra decepada no punho. Uma mão pequenina, realmente muito pequena, com seus cinco dedinhos bem afastados, inchados na parte superior, como os dedos da lagartixa rosa translúcida chamada *Ounk*. A *Ounk* tem uma pele rosada e tão fina que, mesmo na penumbra, é possível ver o lado de dentro do seu corpo, suas entranhas. A *Ounk* é perigosa, seu xixi é venenoso.

Pela verdade de Deus, a mão que desenhei foi eficaz. Uma vez o amuleto preso no fecho da minha maleta, os que receberam do meu capitão a ordem de abri-la para encontrar minhas sete mãos, que eu não tinha necessidade de esconder em outro lugar, precisaram mentir. Mas o certo é que, brancos ou negros, eles não ousaram tocar em minha maleta fechada por um amuleto. Como soldados que não ousavam mais me olhar desde a quarta mão poderiam ter se permitido abrir minha maleta fechada por um amuleto vermelho cor de sangue, um amuleto tatuado com uma pequena mão negra decepada, com os dedos inchados na parte superior assim como os dedos da *Ounk*? Nessa ocasião, fiquei feliz em me passar por um *dëmm*, um devorador de almas. Quando o veterano cruz de guerra chocolate Ibrahima Seck veio inspecionar as minhas coisas, deve ter quase desmaiado ao ver meu cadeado místico. Deve, inclusive, ter se arrependido de ter posto os olhos nele. Todos os que viram meu cadeado místico, pela verdade de Deus, devem ter se arrependido por terem sido curiosos demais. Quando penso em todos esses curiosos covardes, não posso evitar de rir muito, muito alto em minha cabeça.

Eu não rio na frente das pessoas como rio em minha cabeça. Meu velho pai sempre me disse: "Apenas as crianças e os loucos riem sem motivo". Eu não sou mais criança. Pela verdade de Deus, a guerra me fez crescer de repente, principalmente depois da morte do meu mais que irmão Mademba Diop. Mas apesar da sua morte, eu ainda rio. Apesar da morte de Jean-Baptiste, ainda rio em minha cabeça. Para os outros, eu sou apenas um sorridente, permito-me apenas o sorriso. Pela verdade de Deus, como o bocejo, o sorriso chama o sorriso. Eu sorrio para as pessoas, que me sorriem de volta. Elas não podem ouvir, quando sorrio, a risada estridente que ressoa em minha cabeça. Felizmente, pois me tomariam por um louco furioso. O mesmo se passa com as mãos cortadas. Elas nunca falaram sobre o sofrimento que eu infringi aos seus donos, nada disseram sobre as entranhas fumegantes no frio da terra de ninguém, como diz o capitão. As mãos cortadas não contaram como eu estripei oito inimigos de olhos azuis. Pela verdade de Deus, ninguém me perguntou como eu consegui as minhas mãos. Nem mesmo Jean-Baptiste, que morreu decapitado por um pequeno obus malicioso do mestre artilheiro de olhos azuis gêmeos. As sete mãos que me restam são como o meu sorriso, mostram e escondem ao mesmo tempo as tripas de fora dos inimigos que me fazem gargalhar em segredo.

O riso chama o riso e o sorriso chama o sorriso. Como sorrio o tempo todo em meu centro de repouso fora da zona de combate, todo mundo me sorri de volta. Pela verdade de Deus, até os companheiros soldados, chocolates ou *toubabs*, que gritam em plena noite quando ressoam em sua cabeça o apito do ataque e o barulho estrondoso da guerra, até eles, quando me veem sorrindo, me sorriem. Não podem evitar, pela verdade de Deus, é mais forte do que eles.

O doutor François, um homem alto e magro de ar triste, também me sorri quando apareço diante dele. Assim como o capitão, que dizia que eu era uma força da natureza, o doutor François me diz com os olhos que tenho uma boa aparência. Pela verdade de Deus, o doutor François gosta mesmo de mim. Enquanto que com os outros ele economiza o seu sorriso, comigo ele gasta sem se importar. Tudo isso porque o sorriso chama o sorriso.

Mas pela verdade de Deus, o sorriso que comprei com meu sorriso perpétuo e o que mais me agrada foi o da senhorita François, uma das muitas filhas vestidas de branco do doutor. Pela verdade de Deus, a senhorita François me ama muito. Pela verdade de Deus, sem que o saiba, a senhorita François concorda com seu pai. Ela também me disse com os olhos que eu tenho uma boa aparência. Mas em seguida, olhou de um modo tal para o meio do meu corpo que entendi, ela pensava em outra coisa que não em minha aparência. Eu sei, entendi, adivinhei que ela queria fazer amor comigo. Eu sei, entendi, adivinhei que ela queria me ver inteiramente nu. Entendi por seu olhar que era como o de Fary Thiam, que se entregou a mim em uma pequena floresta de ébanos, não muito longe do rio, algumas horas antes da minha partida para a guerra.

Fary Thiam me tomou pela mão, me olhou nos olhos e depois, discretamente, olhou mais embaixo. Em seguida Fary se afastou do círculo de amigos no qual estávamos. E eu, logo após sua partida, me despedi de todos e segui Fary de longe, que caminhava na direção do rio. Em Gandiol as pessoas não gostam de passear à noite margeando o rio, por causa da deusa Mame Coumba Bang. Fary Thiam e eu não cruzamos com ninguém graças ao medo da deusa do rio. Fary e eu tínhamos tanta, tanta vontade de fazer amor que não dava nem para ter medo.

Pela verdade de Deus, Fary não olhou para trás nem uma única vez. Ela seguiu em direção a uma pequena floresta de ébanos não muito longe do rio, que ficava logo abaixo. Adentrou na floresta e eu a segui. Quando a encontrei, adivinhei que Fary tinha as costas apoiadas contra uma árvore. Estava em pé, de frente para mim, me esperando. Era uma noite de lua cheia, mas os ébanos estavam próximos demais uns dos outros e sombreavam a lua. Intuí que Fary estava encostada em uma árvore, de frente para mim, mas pela verdade de Deus, eu nem conseguia ver o seu rosto. Fary puxou meu corpo contra o seu e senti que ela estava nua. Fary Thiam cheirava a incenso e água vegetal do rio ao mesmo tempo. Fary me despiu e eu a deixei fazer isso. Fary me levou ao chão e deitei sobre ela. Antes de Fary eu não conhecia a mulher, antes de mim Fary não conhecia o homem. Sem saber como, entrei no interior do meio do corpo de Fary. Pela verdade de Deus, o interior do corpo de Fary era inacreditavelmente macio, quente e úmido. Fiquei um bom tempo sem me mexer, palpitando no interior de Fary. Então de repente ela começou a rebolar o quadril debaixo de mim, primeiro muito devagar, depois cada vez mais rápido. Se eu não estivesse no lado de dentro de Fary, certamente teria rido, tanto que deveríamos estar engraçados de se ver: porque comecei a me rebolir em todas as direções, e cada movimento meu era recompensado por Fary que se rebolia em mim. Fary se rebolia em mim gemendo e eu me rebolia nela gemendo também. Pela verdade de Deus, se não tivesse sido tão bom, se eu tivesse tido o tempo de nos ver em pensamento se remexendo um contra o outro de uma maneira tal, teria rido bastante. Mas eu não podia rir, tudo que eu podia fazer era gemer de prazer no lado de dentro de Fary Thiam. De tanto remexermos o meio do nosso corpo em todas as direções, o que sempre acontece aconteceu aqui também. Gozei no lado de dentro de Fary, e gozei gritando. Foi forte e muito melhor do que com minha mão. Fary Thiam também gritou no fim. Felizmente ninguém nos escutou.

Quando nos levantamos, Fary e eu mal podíamos nos sustentar em pé. Eu não conseguia ver seu olhar na penumbra do bosque de ébanos. E, no entanto, era noite de lua cheia, uma lua enorme, quase amarela, como um pequeno sol refletido na água vegetal do rio. Ela ofuscava as estrelas em seu entorno, mas os ébanos nos protegiam do seu brilho. Fary Thiam se vestiu e me ajudou a me vestir como uma criança pequena. Fary me beijou na bochecha e depois se afastou na direção de Gandiol sem olhar para trás. Eu fiquei ali, olhando a lua que resplandecia no rio. Fiquei ali por muito tempo, olhando o rio em chamas sem pensar em nada. Pela verdade de Deus, essa foi a última vez que vi Fary Thiam antes de partir para a guerra.

XV

A senhorita François, uma das muitas filhas inteiramente vestidas de branco do doutor François, me olhou como Fary Thiam me olhara na noite em que ela quis que fizéssemos amor próximo ao rio em chamas. Sorri para a senhorita François, que é uma moça muito bonita assim com Fary. A senhorita François tem olhos azuis gêmeos. A senhorita François retribuiu meu primeiro sorriso e seu olhar se demorou no meio do meu corpo. A senhorita François não é como o seu pai, o doutor. Pela verdade de Deus, ela é cheia de vida! A senhorita François me disse com seus olhos azuis gêmeos que me achava muito bonito de cima a baixo.

Mas se Mademba Diop, meu mais que irmão, ainda fosse vivo, teria me dito: "Não, você está mentindo, ela não disse que você era bonito. A senhorita François não disse que te queria! Você está mentindo, não é verdade isso, você nem sabe falar francês!". Mas eu não preciso falar francês para entender a linguagem dos olhos da senhorita François. Pela verdade de Deus, eu sei que sou bonito, todos os olhos me dizem. Os olhos azuis e os olhos negros, os olhos dos homens e os das mulheres. Os de Fary Thiam me disseram, assim como os de todas as mulheres de Gandiol, pouco importa a idade. Os olhos dos meus amigos, as garotas e os rapazes, sempre me disseram quando eu ficava quase nu sobre a superfície de areia para a luta corpo a corpo. Até os olhos de Mademba Diop, meu mais que irmão, esse franzino, magricela, não puderam deixar de me dizer que eu era o mais bonito na ocasião dos meus duelos de luta corpo a corpo.

Mademba Diop tinha o direito de me dizer tudo o que quisesse, de rir de mim, porque o parentesco de zombaria lhe permitia. Mademba Diop podia ironizar, debochar do meu jeito de ser, porque ele era meu mais que irmão. Mas Mademba nunca pôde dizer nada sobre o meu físico. Eu sou tão bonito que, quando sorrio, todas as pessoas, exceto os sacrificados da terra de ninguém, me sorriem de volta. Quando eu mostrava meus dentes muito, muito brancos e bem alinhados, até Mademba Diop, o maior zombeteiro que a terra já conheceu, não podia, por sua vez, deixar de mostrar seus dentes grosseiros. Mas, pela verdade de Deus, Mademba nunca admitiu que invejava meus belos dentes muito, muito brancos, meu peitoral e meus ombros muito, muito largos, minha cintura e meu abdome firmes, minhas coxas muito musculosas. Mademba se contentava em deixar seus olhos me dizerem que ele me invejava e me amava ao mesmo tempo. Os olhos de Mademba sempre me diziam, quando eu vencia quatro lutas seguidas ao luar, transbordando de uma luz escura, prisioneiro da loucura das minhas admiradoras e admiradores, seus olhos me diziam: "Eu te invejo, mas também te amo". Seus olhos me diziam: "Eu adoraria ser você, mas me orgulho de você". Como todas as coisas neste nosso mundo, o olhar de Mademba para mim era duplo.

Hoje que estou longe do campo de batalha onde perdi meu mais que irmão Mademba, longe dos pequenos obuses maliciosos que decapitavam e dos grandes grãos vermelhos de guerra que caíam do céu metálico, longe do capitão Armand e do seu apito de morte, longe do meu veterano chocolate cruz de guerra Ibrahima Seck, penso comigo mesmo que nunca deveria ter provocado o meu amigo. Mademba tinha dentes grosseiros, mas era corajoso. Mademba tinha uma caixa torácica de pombo, mas era corajoso. Mademba tinha coxas magras de dar medo, mas era um verdadeiro guerreiro. Eu sei, entendi que não deveria tê-lo incentivado com minhas palavras a me mostrar uma coragem que eu já conhecia. Eu sei, entendi que foi por me invejar e me amar ao mesmo tempo que Mademba saiu na frente quando o capitão Armand apitou o ataque, no dia da sua morte. Foi para me mostrar que não é preciso ter belos dentes, belos ombros e um torso grande, coxas e braços muito, muito fortes para ser realmente corajoso. Então eu acabei pensando que não foram apenas as minhas palavras que mataram Mademba. Não foram apenas as minhas palavras sobre o totem dos Diop, afiadas como os grãos metálicos que caem do céu da guerra, que o mataram. Eu sei, entendi que toda a minha beleza e a toda minha força também mataram Mademba, meu mais que irmão, que me amava e me invejava ao mesmo tempo. Foram a beleza e a força do meu corpo que o mataram, foi o olhar de todas as mulheres para o meio do meu corpo que o matou. Foram todos aqueles olhares que acariciavam meus ombros, meu peito, meus braços e pernas, que se demoravam sobre os meus dentes bem enfileirados e meu orgulhoso nariz adunco, que o mataram.

Mesmo antes do início da guerra, antes mesmo de partirmos os dois, Mademba Diop e eu, para a guerra, as pessoas tentaram nos desunir. Pela verdade de Deus, as pessoas más de Gandiol decidiram nos separar já dizendo a Mademba que eu era um *dëmm*, que eu comia sua força vital pouco a pouco durante seu sono. Essas pessoas de Gandiol– eu soube pela boca de Fary Thiam que amava nós dois – disseram a Mademba: "Veja como Alfa Ndiaye floresce de beleza e como você é magro e feio. É ele quem suga todas as suas forças vitais em seu prejuízo e em proveito dele, porque ele é um *dëmm*, um devorador de almas sem piedade por você. Abandone-o, não mais o frequente, caso contrário você estará indo ao encontro da sua pulverização. O lado de dentro do seu corpo secará e se tornará pó!". Mas Mademba, apesar dessas palavras más, nunca me abandonou à minha beleza resplandecente. Pela verdade de Deus, Mademba nunca acreditou que eu fosse um *dëmm*. Ao contrário, quando eu o via voltar com o lábio rachado, não tinha dúvidas de que havia brigado para me defender das pessoas más de Gandiol. Foi Fary Thiam quem me contou, logo antes de partirmos, Mademba e eu, para a guerra na França. Graças a Fary que amava nós dois, entendi que apesar do seu peito estreito de pombo, dos seus braços e coxas finos de fazer medo, Mademba, meu mais que irmão, não temia os golpes dos jovens mais fortes que ele. Pela verdade de Deus, é mais fácil ser corajoso quando se tem um peito grande e braços e coxas grossos como os meus. Mas os verdadeiros corajosos como Mademba são aqueles que não têm medo dos golpes, apesar da sua fraqueza. Pela verdade de Deus, agora posso admitir para mim mesmo, Mademba era mais corajoso do que eu. Mas eu sei, entendi tarde demais que deveria ter lhe dito isso antes da sua morte.

Então mesmo que eu não fale o francês da senhorita François, entendo a linguagem dos seus olhos voltados para o meio do meu corpo. Não era difícil entendê-la. Era a mesma linguagem de Fary Thiam e de todas as outras mulheres que me desejaram.

Mas pela verdade de Deus, no mundo de antes, eu jamais teria desejado outra que não Fary Thiam. Fary não era a garota mais bonita da minha classe no colégio, mas era ela quem tinha o sorriso que mexia com o meu coração. Fary era muito, muito envolvente. Fary tinha a voz suave como o sussurro do rio atravessado por pirogas nas manhãs de pesca silenciosa. O sorriso de Fary era como a aurora, suas nádegas redondas como as dunas do deserto de Lompoul. Fary tinha olhos de corça e de leão ao mesmo tempo. Ora tornado de terra, ora oceano de tranquilidade. Pela verdade de Deus, eu teria podido perder a amizade de Mademba para ganhar o amor de Fary. Felizmente, Fary me escolheu ao invés de Mademba. Felizmente, meu mais que irmão se apagou diante de mim. Foi graças a Fary que me escolheu aos olhos de todos que Mademba desistiu.

Ela me escolheu em uma noite de inverno. Eu e os colegas da minha idade anunciamos uma noite em claro, uma vigília, uma noite sem sono tentando brilhar por meio de ditos espirituosos até a aurora, na concessão dos pais de Mademba. Beberíamos chá mouro, comeríamos doces com as garotas da nossa idade no pátio da casa de Mademba. Falaríamos de amor com meias palavras. Fizemos uma vaquinha e compramos no armazém da cidade três pacotes de chá mouro e um grande cone de açúcar embrulhado em papel azul. Com todo esse açúcar, confeccionamos uma centena de bolinhos de milho. Tínhamos estendido grandes esteiras sobre a areia fina do pátio da casa de Mademba. Chegada a noite, colocamos sete pequenos bules esmaltados de vermelho sobre as chamas incandescentes dos sete pequenos fogões com suas labaredas crepitantes. Dispusemos cuidadosamente os bolinhos de milho sobre as grandes bandejas metálicas imitando a louça francesa e alugadas no armazém. Vestimos nossas mais belas camisas, as mais claras possíveis para resplandecer sob o luar. Eu não tinha camisa de botão. Mademba me deu uma muito pequena para mim, mas apesar disso eu resplandecia quando as dezoito jovens da nossa idade fizeram sua entrada na concessão da família de Mademba.

Tínhamos dezesseis anos de vida e queríamos todos Fary Thiam, que no entanto não era a mais bela. E Fary Thiam me escolheu dentre todos. Assim que me viu sentado sobre a esteira, veio se sentar com as pernas cruzadas bem perto de mim, a ponto de tocar minha coxa direita com sua coxa esquerda. Pela verdade de Deus, achei que meu coração fosse quebrar minhas costelas por dentro de tanto que batia, batia, batia. Pela verdade de Deus, nesse momento eu soube o que era ser feliz. Não havia felicidade maior do que a proporcionada por Fary ao me escolher sob a luz brilhante da lua.

Tínhamos dezesseis anos de vida e queríamos rir. Contamos, um após outro, histórias curtas e divertidas, cheias de implícitos engenhosos, inventamos enigmas. Vieram se juntar a nós os irmãos e irmãs pequenos de Mademba, que adormeceram um a um enquanto nos ouviam. E eu me sentia o rei de toda a Terra porque Fary me escolhera e não a um outro. Peguei a mão esquerda de Fary para apertá-la em minha mão direita e ela se deixou levar, confiante. Pela verdade de Deus, como Fary Thiam não há. Mas Fary não queria se entregar a mim. A cada vez que eu pedia para ela me deixar entrar no lado de dentro do seu corpo depois da noite em que me escolhera dentre todos da minha idade, ela recusava. Fary sempre disse "não", "não" e "não", por quatro anos. Um rapaz e uma garota da mesma idade nunca fazem amor. Mesmo que tenham escolhido ser amigos íntimos na vida, um rapaz e uma garota da mesma idade nunca se tornam marido e mulher. Eu sabia, conhecia essa lei pesada. Pela verdade de Deus, eu conhecia a regra ancestral, mas não a aceitava.

Talvez eu tenha começado a pensar por mim mesmo bem antes da morte de Mademba. Como diz o capitão, não há fumaça sem fogo. Como diz um provérbio dos nômades *peuls*[3]: "Já na aurora se pode prever se o dia será bom ou ruim". Talvez meu espírito começasse a duvidar da voz do dever, bem-apessoada demais, bem-vestida demais para ser honesta. Talvez meu espírito já estivesse se preparando para dizer "não" às leis desumanas que se passam por humanas. Mas eu tinha esperança, apesar das suas recusas, mesmo sabendo, mesmo entendendo por que Fary sempre me disse "não" até a véspera da nossa partida à guerra, Mademba e eu.

---

3 Os *peuls*, também chamados de *fulanis*, são um povo tradicionalmente ligado às atividades pastoris, estabelecido em toda a África Ocidental, na África Central e no Norte da África [N.T.]

XVI

Pela verdade de Deus, o doutor François é um homem bom. O doutor François nos dá tempo para pensar, para nos voltarmos a nós mesmos. O doutor François nos encontra, eu e os outros, em uma sala grande onde há mesas e cadeiras como na escola. Eu nunca fui à escola, mas Mademba sim. Mademba sabia falar francês, eu não. O doutor François é como um professor. Ele nos diz para sentarmos nas cadeiras e, sobre cada mesa, a senhorita François, sua filha, vestida toda de branco, coloca uma folha de papel e um lápis. Depois, por meio de sinais, o doutor nos pede para desenharmos tudo o que quisermos. Eu sei, entendi que por trás dos óculos que aumentam seus olhos gêmeos azuis, o doutor François olha o lado de dentro das nossas cabeças. Seus olhos gêmeos azuis não são como aqueles dos inimigos do lado de lá, que buscavam separar nossa cabeça do resto do corpo por meio de obuses maliciosos. Seus olhos gêmeos azuis penetrantes nos escrutinam para salvar nossas cabeças. Eu sei, entendi que os nossos desenhos servem para ajudá-lo a limpar o nosso espírito da sujeira da guerra. Eu sei, entendi que o doutor François é um purificador das nossas cabeças sujas de guerra.

Pela verdade de Deus, o doutor François é reconfortante. O doutor François nunca fala conosco. Fala apenas com os olhos. Acaba sendo bom porque não sei falar francês, ao contrário de Mademba, que foi à escola dos *toubabs*. Então eu falo com o doutor François por meio de desenhos. Meus desenhos agradam muito ao doutor François, que me diz isso através dos seus grandes olhos azuis gêmeos quando me olha sorrindo. O doutor François acena com a cabeça e eu entendo o que ele quer dizer. Quer dizer que o meu desenho é muito bonito e expressivo. Eu sei, entendi muito rápido que os meus desenhos contavam a minha história. Eu sei, entendi que o doutor François lia os meus desenhos como se lê uma história.

A primeira coisa que desenhei sobre a folha que o doutor François me deu foi uma cabeça de mulher. Desenhei a cabeça da minha mãe. Pela verdade de Deus, minha mãe é muito bonita em minhas lembranças e eu a desenhei com um belo corte de cabelo à moda *peule*, bem adornada com suas joias à moda *peule*. O doutor François ficava surpreso ao ver os detalhes bonitos do meu desenho. Seus dois grandes olhos gêmeos azuis por trás dos seus óculos me disseram claramente. Com meu simples lápis, dei vida à cabeça da minha mãe. Eu sei, entendi muito rápido o que dá vida a uma cabeça desenhada com lápis, a um retrato de mulher como esse da minha mãe. O que dá vida sobre uma folha de papel é o jogo de sombra e luz. Coloquei flashes de luz nos grandes olhos da minha mãe. Esses flashes surgiram das centelhas brancas do papel que eu não riscara de preto. A vida da sua cabeça nasceu também das minúsculas partes do papel em que meu lápis grafite apenas triscou de preto. Pela verdade de Deus, eu soube, entendi, descobri como, com um simples lápis, eu podia contar ao doutor François o quanto minha mãe *peule* era bela, com seus pesados brincos de ouro retorcido nas orelhas e seus finos anéis de ouro vermelho espetados nas asas do seu nariz adunco. Eu podia dizer ao doutor François o quanto minha mãe era bela em minhas lembranças de infância por meio das suas pálpebras escurecidas, dos seus lábios pintados entreabertos exibindo belos dentes brancos muito, muito, muito bem alinhados, e das suas tranças adornadas com moedas de ouro. Desenhei com sombra e luz. Pela verdade de Deus, acho que o meu desenho era tão vivo que o doutor François escutou minha mãe lhe dizer, da sua boca desenhada, que ela partira, mas não me esquecera. Que partira me deixando na casa do meu pai, esse velho homem, mas ainda me amava.

Minha mãe foi a quarta e última esposa do meu pai. Minha mãe foi fonte de alegria e tristeza para ele. Minha mãe era a filha única de Yoro Ba. Yoro Ba era um pastor *peul* que todo ano passava com seu rebanho pelo meio dos campos do meu pai, na época da transumância para o sul. Seu rebanho, proveniente do vale do rio Senegal, encontrava durante a estação seca as planícies eternamente verdes dos Niayes, bem próximas a Gandiol. Yoro Ba adorava meu pai, esse velho homem, porque ele lhe dava acesso a seus poços de água doce. Pela verdade de Deus, os camponeses de Gandiol não gostavam dos pastores *peuls*. Mas meu pai não era um camponês como os outros. Meu pai abrira uma passagem no meio dos seus campos que levava a seus próprios poços para o rebanho de Yoro Ba. Meu pai dizia sempre àqueles que queriam escutá-lo que era preciso que todos vivessem. Meu pai tinha a hospitalidade no sangue.

Não se oferece impunemente presentes bonitos a um *peul* digno deste nome. Um *peul* digno deste nome como Yoro Ba, que conduzia seus rebanhos para o meio dos campos do meu pai a fim de matar sua sede nos poços, não podia deixar de lhe dar como agradecimento um presente muito, muito importante. Pela verdade de Deus, foi minha mãe quem disse: um *peul* a quem se dá um presente ao qual ele não pode retribuir pode morrer de tristeza. Um *peul*, ela disse, é capaz de se despir para retribuir um *griot*[4] louvador se ele não tiver nada além das suas roupas para oferecer. Um *peul* digno deste nome, ela disse, pode chegar até mesmo a cortar uma orelha para recompensar um *griot* louvador quando não lhe resta nada mais que um pedaço do seu corpo para oferecer.

Para Yoro Ba que era viúvo, à exceção do rebanho de vacas brancas, vermelhas e pretas, o que mais importava era sua filha entre os seus cinco filhos. Pela verdade de Deus, para Yoro Ba, sua filha Penndo Ba não tinha preço. Para Yoro Ba, sua filha merecia casar com um príncipe. Penndo poderia valer um dote real de, pelo menos, um rebanho equivalente ao seu, pelo menos trinta dromedários entre os mouros do Norte. Pela verdade de Deus, foi minha mãe quem me contou.

Então Yoro Ba, que era um *peul* digno deste nome, anunciou a meu pai, esse velho homem, que lhe daria sua filha Penndo Ba em casamento na próxima transumância. Yoro Ba não pediu dote pela filha. Ele queria apenas uma coisa: que meu pai fixasse a data da cerimônia do seu casamento com Penndo. Yoro Ba proveria tudo, compraria as roupas e joias

---

4 Na África Ocidental, os *griots* são indivíduos considerados comunicadores tradicionais. Depositários da cultural oral, os *griots* transmitem histórias, canções, conhecimentos, mitos [N.T.].

de ouro retorcido para a noiva, abateria vinte cabeças do seu rebanho no dia do casamento. Pagaria os *griots* louvadores com dezenas de metros de tecidos caros, o pesado basim bordado e os leves tecidos indianos fabricados na França.

Não se diz "não" a um *peul* digno deste nome, que entrega sua filha adorada em casamento para retribuir à hospitalidade dada ao seu rebanho. Pode-se dizer "por quê?" a um *peul* digno deste nome, mas não se pode dizer "não". Pela verdade de Deus, meu pai perguntou "Por quê?" a Yoro Ba, que respondeu – foi minha mãe quem contou: "Bassirou Coumba Ndiaye, você é um camponês simples, mas você é nobre. Como diz um provérbio *peul*: "Enquanto o homem não tiver morrido, ele ainda não acabou de ser criado". Eu conheci muitos homens em minha vida, mas nenhum como você. Eu me beneficio da sua sabedoria para crescer em sabedoria. Como você tem o senso de hospitalidade de um príncipe, ao lhe entregar minha filha Penndo, eu misturo meu sangue ao de um rei que não se sabe rei. Ao te entregar Penndo em casamento, eu reconcilio a imobilidade e a mobilidade, o tempo que para e o tempo que passa, o passado e o presente. Reconcilio as árvores enraizadas e o vento que agita suas folhas, a terra e o céu."

Não se pode dizer "não" a um *peul* que entrega seu próprio sangue. Então meu pai, esse velho homem que já tinha três mulheres, diz "sim" à quarta, com o aval das três primeiras. E a quarta esposa do meu pai, Penndo Ba, foi quem me deu à luz.

Mas sete anos após o casamento de Penndo Ba, seis anos após o meu nascimento, Yoro Ba, seus cinco filhos e seu rebanho não apareceram mais em Gandiol.

Os dois anos seguintes Penndo Ba viveu apenas na espera do seu retorno. No primeiro ano, Penndo permaneceu amável com suas co-esposas, com seu marido, comigo, seu filho único, mas ela não estava feliz. Não suportava mais a imobilidade. Penndo aceitara meu pai, esse velho homem, quando mal saíra da infância. Aceitara ser sua esposa em respeito à palavra dada, em respeito a Yoro Ba. Penndo acabou amando Bassirou Couma Ndiaye, meu pai, porque ele era exatamente o oposto dela. Ele era velho como uma paisagem imutável, ela era jovem como um céu cambiante. Ele era imóvel como um baobá, ela era filha do vento. Às vezes os opostos se atraem por serem tão distantes um do outro. Penndo acabou amando meu pai, esse velho homem, porque ele concentrava toda a sabedoria da terra e das estações seguintes. Meu pai, esse velho homem, idolatrava Penndo porque ela era o que ele não era: o movimento, a instabilidade alegre, a novidade.

Mas Penndo só suportara a imobilidade por sete anos porque seu pai, seus irmãos e o rebanho voltavam todo ano para vê-la em Gandiol. Traziam com eles o cheiro da viagem, o cheiro dos acampamentos no mato, o cheiro das vigílias para proteger o rebanho dos leões famintos. Traziam nos olhos a lembrança das bestas desgarradas no caminho e sempre reencontradas vivas ou mortas, nunca abandonadas. Falavam sobre o caminho perdido na poeira do dia e reencontrado à luz das estrelas. Falavam na língua cantada dos *peuls*, o fula, sobre o ano de vida nômade à cada vez que passavam por Gandiol, para reconduzir seu grande rebanho de vacas brancas, vermelhas e negras em direção às planícies eternamente verdes dos Niayes.

Penndo, que só suportava Gandiol na espera do retorno da sua família, começou a definhar desde o primeiro ano da sua ausência. Penndo Ba parou definitivamente de rir na segunda vez que eles não voltaram. Todas as manhãs, durante a estação seca, quando eles deveriam estar aqui, ela me levava para ver os poços nos quais Yoro Ba matava a sede do seu rebanho. Ela olhava com tristeza o caminho traçado para eles por meu pai no meio dos seus campos. Aguçava o ouvido, esperando escutar o barulho distante das bestas de Yoro Ba e dos seus irmãos. Eu olhava furtivamente seus olhos banhados de solidão e lamento quando voltávamos os dois lentamente para Gandiol, após horas de espera inconfessa nas fronteiras norte mais distantes do vilarejo.

Eu tinha nove anos quando meu pai, que amava Penndo Ba, lhe disse para partir em busca de Yoro Ba, seus irmãos e seu rebanho. Meu pai preferia que ela partisse a vê-la morrer. Eu sei, entendi que meu pai preferia saber que minha mãe estava viva e longe dele do que morta à sua porta, deitada no cemitério de Gandiol. Eu sei, entendi porque meu pai se tornou um velho desde que Penndo nos deixou. Do dia para a noite seus cabelos ficaram completamente brancos. Do dia para a noite suas costas se encurvaram. Do dia para a noite meu pai se imobilizou. Desde que Penndo partiu, meu pai começou a esperá-la. Pela verdade de Deus, ninguém ousou debochar dele.

Penndo queria me levar com ela, mas meu pai, esse velho homem, recusou. Meu pai disse que eu era muito jovem para partir em uma aventura. Não seria simples encontrar Yoro Ba com a responsabilidade de cuidar de uma criança. Eu sei, entendi que na verdade meu pai tinha medo de que Penndo nunca voltasse se eu partisse com ela. Eu em Gandiol, seria certo que ela teria uma razão muito, muito importante para voltar para casa. Pela verdade de Deus, meu pai amava sua Penndo.

Uma noite, pouco antes da sua partida, Penndo Ba, minha mãe, me apertou em seus braços. Ela me disse em sua língua cantada, o fula, que eu não compreendo mais desde que parei de escutá-la, que eu era um menino grande, que eu podia escutar os seus motivos. Ela precisava saber o que tinha acontecido com meu avô, meus tios e o rebanho. Não se abandona nunca aqueles a quem devemos a vida. Quando soubesse, voltaria: ela não abandonaria nunca aquele a quem dera a vida. Pela verdade de Deus, as palavras da minha mãe me fizeram bem e mal. Ela me apertou em seus braços e não disse mais nada. Como meu pai, desde que ela partiu, comecei a esperá-la.

Meu pai, este velho homem, pediu ao meu meio-irmão, Ndiaga, o pescador, para conduzir Penndo de piroga o mais longe possível sobre o rio na direção do norte, depois na direção do leste. Minha mãe tinha conseguido que eu a acompanhasse durante metade do dia. Ndiaga prendera uma pequena piroga na parte de trás da grande piroga que me transportava, juntamente com minha mãe e Saliou, outro meio irmão meu que deveria me levar de volta a Gandiol quando chegasse a hora. Sentados lado a lado sobre um banco na parte dianteira da piroga, silenciosos, nós nos segurávamos pela mão, minha mãe e eu. Olhávamos juntos o horizonte do rio sem vê-lo de fato. O balanço da piroga, ao acaso dos seus caprichos, colocava de tempos em tempos minha cabeça sobre o ombro nu de Penndo. Eu sentia os lampejos de calor da sua pele contra minha orelha direita. Acabei me agarrando em seu braço para que minha cabeça não deixasse mais o seu ombro. Sonhava que a deusa Mame Coumba Bang nos detinha por muito tempo no meio do rio, apesar das oferendas de leite coalhado que lhe tínhamos feito ao deixarmos os rios do nosso vilarejo. Eu rezava para que ela enlaçasse nossa piroga com os seus longos braços líquidos, seu cabelo castanho de algas, retardando nosso avanço, apesar dos grandes golpes de remo em suas costas cadenciados pelos meus meio-irmãos para que subíssemos o seu curso poderoso. Sem fôlego por causa do trabalho dos camponeses ribeirinhos, traçando sulcos invisíveis sobre a água, Ndiaga e Saliou se calaram. Eles estavam tão tristes por mim quanto infelizes por minha mãe, que se separava do seu filho único. Até meus meio-irmãos amavam Penndo Ba.

O momento chegou de se separar. Mudos, cabeça e olhos baixos, estendemos nossas mãos unidas à minha mãe para que ela nos benzesse. Nós a escutamos sussurrar preces desconhecidas, longas preces de bênçãos de um Corão que ela conhecia melhor do que nós. Quando ela silenciou, passamos nossas palmas das mãos unidas sobre nosso rosto para recolher o menor sopro das suas preces, como se bebêssemos em sua fonte. Depois Saliou e eu passamos para a pequena piroga que Ndiaga soltara com um gesto brusco de cólera contida contra si mesmo, contra as lágrimas que brotavam em seus olhos. Então minha mãe me olhou intensamente uma última vez para fixar minha imagem em sua memória. E depois, enquanto minha piroga era levada pelo doce balanço da correnteza, ela me virou as costas. Eu sei, entendi que ela não queria que eu a visse chorar. Pela verdade de Deus, uma mulher *peule* digna desse nome não chora na frente do seu filho. E chorei muito, muito.

Ninguém sabe ao certo o que aconteceu com Penndo Ba. Meu meio-irmão Ndiaga a levara de piroga até a cidade de Saint-Louis. Lá, ele a confiou a um outro pescador chamado Sadibou Guèye, que deveria conduzi-la pelo preço de um carneiro, em sua piroga de comércio, até Walaldé, em Diéri, onde Yoro Ba, seus cinco filhos e o rebanho costumavam acampar nessa época do ano. Mas como as águas do rio estavam baixas demais, Sadibou Guèye confiara Penndo a um dos seus primos, Badara Diaw, para acompanhá-la a pé a Walaldé margeando o rio. Algumas testemunhas os viram um pouco depois do povoado de Mboyo, antes que eles evaporassem no matagal. Minha mãe e Badara Diaw nunca chegaram em Walaldé.

Soubemos quando meu pai, após um ano, cansado de esperar notícias de Penndo e Yoro Ba, enviara meu meio-irmão Ndiaga para interrogar Sadibou Guèye, que imediatamente se dirigira a Podor, onde Badara Diaw morava. A família de Badara Diaw, sem notícias dele por um mês, já o havia procurado no caminho que ele disse ter pego com a minha mãe. Chorando lágrimas de sangue, eles contaram a Sadibou Guèye a tragédia que acreditavam ter acontecido. Certamente Badara e Penndo tinham sido raptados, os dois, logo após Mboyo, por uma dezena de cavaleiros mouros cujos rastros os aldeões perceberam sobre as margens do rio. Os mouros do norte capturam negros para transformá-los em escravos. Eu sei, entendi que ao ver Penndo Ba, bela como era, não perderam a oportunidade de capturá-la para vendê-la a seu grande *Sheikh* em troca de trinta dromedários. Eu sei, entendi que eles tinham raptado seu companheiro de estrada Badara Diaw a fim de que não se pudesse saber contra quem se vingar.

Então, quando soube da notícia do rapto de Penndo Ba pelos mouros, meu pai entrou definitivamente na velhice. Ele continuou rindo, sorrindo para nós, se divertindo com o mundo e consigo, mas já não era o mesmo. Pela verdade de Deus, ele perdera de uma só vez metade da sua juventude, metade da sua alegria de viver.

XVII

O segundo desenho que fiz para o doutor François foi o retrato de Mademba, meu amigo, meu mais que irmão. Esse desenho foi menos bonito. Não porque eu acertei menos, mas porque Mademba estava feio. Mesmo que não seja totalmente verdade, eu ainda o penso feio, pois apesar da morte que nos separa, o parentesco de zombaria ainda existe entre nós dois. Mas se Mademba não era tão bonito quanto eu no exterior, no interior ele era mais.

Quando minha mãe partiu sem retorno, Mademba me acolheu em sua casa. Ele me pegou pela mão e me levou à concessão dos seus pais. Minha instalação na casa de Mademba se deu pouco a pouco. Dormi lá uma noite, depois duas seguidas, depois três. Pela verdade de Deus, minha entrada na vida da família de Mademba Diop se deu lentamente. Eu não tinha mais minha mamã. Mademba, que se condoía por mim mais do que qualquer outro em Gandiol, quis que sua mamã me adotasse. Mademba me pegou pela mão e me levou até Aminata Sarr. Ele colocou minha mão na mão da sua mãe e lhe disse: "Quero que Alfa Ndiaye viva em nossa casa, quero que você seja sua mamã". As co-esposas do meu pai não eram malvadas, eram até mesmo gentis comigo, sobretudo a primeira, a mãe de Ndiaga e de Saliou. Mas, apesar de tudo, lentamente fui saindo da minha família para entrar na de Mademba. Meu pai, esse velho homem, aceitou sem nada dizer. Disse "sim" a Aminata Sarr, a mãe de Mademba que queria me adotar. Meu pai chegou mesmo a pedir a sua primeira mulher, Aïda Mbengue, que a cada *Tabaski*[5] entregasse a parte mais bela do carneiro sacrificado a Aminata Sarr. Ele acabou por enviar, a cada ano, um carneiro inteiro de sacrifício para a concessão da família de Mademba. Meu pai, esse velho homem, não podia me ver sem ter vontade de chorar. Eu sei, entendi que eu parecia muito com a sua Penndo.

Bem lentamente a tristeza partiu, bem lentamente Aminata Sarr e Mademba me fizeram esquecer, com a ajuda do tempo que passa, a dor que devora. No começo, Mademba e eu íamos brincar no matagal, sempre em direção ao norte. Entre nós, ele e eu, sabíamos, entendíamos o porquê. Mas silenciávamos a nossa esperança de sermos os primeiros a rever minha mãe, Penndo, Yoro Ba, seus cinco filhos e seu rebanho. Contávamos a Aminata Sarr que as nossas expedições de um dia inteiro em direção ao norte eram para capturar esquilos em nossas armadilhas, caçar pombos com nossos estilingues. Ela nos dava sua benção e pequenas provisões, três pitadas de sal e um cantil de água fresca. E

---

5 Festa islâmica que celebra o sacrifício de Abraão e durante a qual os fiéis sacrificam um carneiro [N.T.].

quando capturávamos esquilos ou pombos e os assávamos – depois de tê-los esvaziado, depenado ou desmembrado –, empalados em cima de um pequeno fogo discreto de galhos secos, esquecíamos minha mãe, seu pai, seus cinco irmãos e seu rebanho. Vendo crepitar as chamas alaranjadas da nossa pequena lareira, reanimadas de tempos em tempos pela gordura que escorria da pele rachada das nossas presas do mato, não pensávamos mais na dor da ausência que retorce as entranhas, mas na fome que não as retorce menos. Parávamos de sonhar que Penndo escapara do seu cativeiro mouro por um surpreendente milagre, que em Walaldé reencontrara seu pai, seus cinco irmãos e seu rebanho, e que voltavam juntos para Gandiol. Naquela época muito próxima a seu rapto, eu não sabia superar a ausência irremediável da minha mãe de outro jeito que não brincando de caçador-cozinheiro de esquilos e pombos com Mademba, meu mais que irmão.

Crescemos bem lentamente, Mademba e eu. E muito lentamente abrimos mão de pegar a estrada do norte de Gandiol para aguardar o retorno de Penndo. Aos quinze anos, fomos circuncidados no mesmo dia. Fomos iniciados aos segredos da idade adulta pelo mesmo ancião do povoado. Ele nos ensinou como se deve se comportar. O maior segredo que nos transmitiu foi o de que não é o homem quem conduz os acontecimentos, mas os acontecimentos que conduzem o homem. Os acontecimentos que surpreendem o homem foram, todos eles, vividos por outros homens antes dele. Todos os humanos possíveis foram testados. Nada do que nos acontece aqui em baixo é novo, por mais grave ou benéfico que possa ser. Mas aquilo que sentimos é sempre novo, porque cada homem é único, como cada folha de uma mesma árvore é única. O homem compartilha com outros homens a mesma seiva, mas se nutre dela de modo diferente. Mesmo se o novo não é de fato novo, permanece sempre novo para aqueles que vêm naufragar no mundo, geração após geração, onda após onda. Então, para se encontrar na vida, para não se perder no caminho, é preciso escutar a voz do dever. Pensar demais por si mesmo é trair. Aquele que compreende esse segredo tem chances de viver em paz. Mas nada é menos certo.

    Eu me tornei alto e forte, e Mademba permaneceu pequeno e magricela. A cada ano na estação seca, a vontade de rever Penndo me apertava a garganta. Eu só sabia afugentar minha mãe do meu espírito exaurindo o meu corpo. Trabalhei nos campos do meu pai e nos de Siré Diop, o pai de Mademba. Dancei, nadei, lutei, enquanto Mademba ficava sempre sentado estudando, estudando de novo e sempre. Pela verdade de Deus, Mademba aprendeu o Livro Sagrado como nenhum outro em Gandiol. Recitava de cor o Sagrado Corão aos doze anos, enquanto eu, aos quinze anos, sabia apenas recitar minhas preces. Tendo se tornado mais sábio que nosso marabuto, Mademba quis frequentar o colégio dos brancos. Siré Diop, que não queria que seu filho permanecesse um camponês como ele, aceitou com a condição de que eu o acompanhasse. Por anos, eu o escoltei até a porta do colégio, que cruzei apenas uma única vez. Nada pôde entrar no lado de dentro de minha cabeça. Eu sei, entendi que a lembrança da minha mãe cristalizava toda a superfície do meu espírito, dura como a carapaça de uma tartaruga. Eu sei, entendi que sob essa carapaça havia apenas o vazio da espera. Pela verdade de Deus, o lugar do saber já estava ocupado. Então preferi trabalhar nos campos, dançar e lutar para experimentar minha força em seus limites mais extremos, para não mais pensar no retorno impossível da minha mãe Penndo Ba. Foi somente quando Mademba morreu que meu espírito se abriu para me deixar observar o que nele se dissimulava. Com a morte de Mademba, foi como se um grande grão metálico de guerra caído do céu tivesse fendido em duas partes a carapaça do meu espírito. Pela verdade de Deus, um sofrimento novo encontrou um sofrimento antigo. Os dois se encararam, os dois se explicaram, os dois se deram sentido mutuamente.

Quando entramos na idade dos vinte, Mademba quis ir à guerra. O colégio lhe colocou na cabeça a ideia de salvar a pátria-mãe, a França. Mademba queria se tornar alguém de respeito em Saint-Louis, um cidadão francês: "Alfa, o mundo é vasto, quero percorrê-lo. A guerra é uma oportunidade de sair de Gandiol. Se Deus quiser, voltaremos sãos e salvos. Quando tivermos nos tornado cidadãos franceses, nos instalaremos em Saint-Louis. Faremos comércio. Seremos atacadistas e abasteceremos com produtos alimentares todos os armazéns do norte do Senegal, inclusive o de Gandiol. Uma vez ricos, procuraremos e encontraremos sua mãe e a compraremos de volta dos cavaleiros mouros que a sequestraram". Eu o segui em seu sonho. Pela verdade de Deus, eu lhe devia bastante. E depois, pensei que se eu também me tornasse alguém de respeito, um atirador senegalês em vida,, podia ser que, em companhia do meu destacamento, eu fosse às vezes visitar algumas tribos mouras do norte com meu rifle regulamentado na mão esquerda e meu facão selvagem na mão direita.

Uma primeira vez os soldados recrutadores disseram "não" a Mademba. Mademba era magricela demais, tão leve e mirrado quanto um grou-coroado. Mademba era inapto para a guerra. Mas pela verdade de Deus, Mademba era cabeça-dura. Mademba me pediu para ajudá-lo a se tornar resistente à fadiga física, ele que até então só era resistente à fadiga mental. Então, por dois meses inteiros, forcei a pequena força de Mademba a crescer sempre mais. Eu o fiz correr na areia pesada sob o sol escaldante do meio-dia, eu o fiz atravessar o rio a nado, eu o fiz bater na terra dos campos do seu pai com uma enxada por horas e horas. Pela verdade de Deus, eu o forcei a comer quantidades enormes de mingau de milho com leite coalhado e manteiga de amendoim, como fazem os verdadeiros lutadores dignos desse nome para ganhar peso.

Na segunda vez, os soldados recrutadores disseram "sim". Eles não o reconheceram. De grou-coroado, ele se tornara uma perdiz bastante grande. Desenhei para o doutor François o riso que jorrou do rosto de Mademba Diop quando lhe expliquei que se quisesse se tornar um lutador, seu sobrenome de guerra já tinha sido encontrado: Peito de Pombo! Desenhei com sombra e luz os olhos franzidos de rir de Mademba quando eu disse que seu totem não o reconheceria de tanto que ele ganhara corpo.

XVIII

Na véspera da nossa partida para a guerra na França, Fary Thiam me disse "sim" com os olhos, discretamente, em meio às garotas e rapazes da nossa idade. Era uma noite de lua cheia, tínhamos vinte anos e queríamos rir. Contávamos entre nós histórias curtas, divertidas, cheias de subentendidos engenhosos e de charadas também. Essa vigília, essa noite em claro, não acontecia mais na concessão dos pais de Mademba, como quatro anos antes. Os irmãos e irmãs mais novos de Mademba se tornaram grandes demais para adormecer ao som das nossas histórias ambíguas. Estávamos sentados sobre grandes esteiras no canto de uma rua arenosa do nosso vilarejo, ao abrigo dos galhos baixos de uma mangueira. Fary estava mais bela do que nunca em suas vestes amarelo-açafrão que moldavam seu peito, sua cintura, seus quadris. Sob a lua, suas vestes pareciam inteiramente brancas. Fary me lançou um olhar profundo e rápido que queria dizer: "Cuidado, Alfa, algo de importante está para acontecer!". Fary apertou minha mão como na noite em que me escolhera quando tínhamos dezesseis anos, olhou de esguelha para o meio de meu corpo e depois se levantou e deixou o grupo. Esperei que ela desaparecesse na esquina da rua e me levantei também para segui-la de longe, até a pequena floresta de ébanos onde não tivemos medo de encontrar a deusa do rio, Mame Coumba Bang, tamanho era o desejo que sentíamos, eu de entrar no mais profundo de Fary, ela de que eu entrasse.

Eu sei, entendi por que Fary Thiam abriu para mim o lado de dentro do seu corpo antes de partirmos à guerra, Mademba e eu. O lado de dentro do corpo de Fary era quente, macio e úmido. Eu nunca tinha provado com a boca ou com a pele algo tão quente, macio e úmido como o interior do corpo de Fary Thiam. A parte do meu corpo, meu lado de dentro do lado de fora, que entrou em Fary nunca recebera uma carícia assim, envolvente de cima a baixo, nem na areia quente à beira do oceano onde, jogado de barriga para baixo, eu costumava enfiá-lo para sentir algum prazer, nem no secreto das águas do rio sob as carícias das minhas mãos ensaboadas. Pela verdade de Deus, não conheci nada melhor em minha vida do que o calor terno, úmido, do interior do corpo de Fary e, eu sei, entendi por que ela me fez prová-lo em detrimento da honra da sua família.

Creio que Fary começou a pensar por si mesma antes de mim. Acho que ela queria que um corpo tão bonito quanto o meu conhecesse a felicidade de uma tal doçura antes que desaparecesse na guerra. Eu sei, entendi que Fary queria me tornar um homem feito antes que eu oferecesse meu bonito corpo de lutador aos golpes sangrentos da guerra. Foi por isso que Fary se entregou a mim, apesar da proibição ancestral. Pela verdade de Deus, meu corpo experimentou todo tipo de grande alegria antes de Fary. Provei da sua força nos combates de luta seguidos, um após outro, levei-o ao limite da sua resistência durante longas corridas sobre a areia pesada da praia, depois de ter atravessado o rio a nado. Eu o encharquei de água do mar sob um sol dos infernos, matei sua sede com água fresca retirada do fundo dos poços de Gandiol, depois de ter dado grandes golpes de *daba* na terra dos campos do meu pai e nos de Siré Diop, por horas e horas. Pela verdade de Deus, meu corpo conheceu o prazer de chegar aos limites da sua força, mas nunca nada foi tão forte quanto o interior quente, macio e úmido de Fary. Pela verdade de Deus, Fary me deu o presente mais bonito que uma garota pode dar a um rapaz na véspera da sua partida à guerra. Morrer sem ter conhecido todas as alegrias do corpo não é justo. Pela verdade de Deus, sei bem que Mademba não conheceu essa alegria de penetrar o lado de dentro do corpo de uma mulher. Eu sei, ele morreu enquanto ainda não era um homem feito. Ele teria sido caso tivesse conhecido a doçura terna, úmida e macia do interior de uma mulher amada. Pobre Mademba inacabado.

Eu sei, entendi por qual outro motivo Fary Thiam abriu para mim o lado de dentro do seu corpo antes que partíssemos à guerra, Mademba e eu. Quando o rumor da guerra chegou ao vilarejo, Fary bem entendeu que a França e seu exército me tirariam dela. Ela soube, entendeu que eu partiria para sempre. Ela soube, entendeu que, mesmo que eu não morresse na guerra, não voltaria mais a Gandiol. Ela soube, entendeu que eu me instalaria em Saint-Louis do Senegal com Mademba Diop, que eu queria me tornar alguém de respeito, um atirador senegalês em vida, com uma pensão gorda para aliviar os últimos anos do meu velho pai e, um dia, reencontrar minha mãe, Penndo Ba. Fary Thiam entendeu que a França me tiraria dela, quer eu morresse, quer eu permanecesse vivo.

Foi também por isso que Fary me deu o lado de dentro quente, macio e úmido do seu corpo antes que eu fosse viver com os *toubabs* para fazer a guerra, apesar da honra da família Thiam, apesar do ódio do seu pai pelo meu.

XIX

Abdou Thiam é o chefe do nosso vilarejo em Gandiol. Foi o direito costumeiro que quis assim. Abdou Thiam detesta meu pai, esse velho homem, porque meu pai o fez passar vergonha na frente de todos. Abdou Thiam é o coletor de impostos do vilarejo, e foi por isso que convocou certo dia uma grande assembleia dos anciões, que logo se viram cercados por todas as pessoas de Gandiol. Inspirado em um enviado do rei Cayor e estimulado por um enviado do governador de Saint-Louis, Abdou Thiam disse que era preciso seguir um novo rumo, que era preciso cultivar amendoim em vez de milho, amendoim em vez de tomates, amendoim em vez de repolhos, amendoim em vez de melancias. O amendoim era dinheiro extra para todos. O amendoim era dinheiro para pagar os impostos. O amendoim daria redes novas aos pescadores. O amendoim permitiria cavar novos poços. O dinheiro do amendoim seria as casas de tijolos, uma escola de estrutura sólida, telha metálica cobrindo as cabanas. O dinheiro do amendoim seria os trens e estradas, motores para as pirogas, hospitais e maternidades. Os cultivadores do amendoim, concluíra o chefe Abdou Thiam, estariam isentos dos deveres, do trabalho compulsório. Os recalcitrantes não.

Então meu pai, esse velho homem, se levantou e pediu a palavra. Eu sou seu último filho, sua última criança. Meu pai carrega na cabeça um punhado de cabelos brancos desde que Penndo Ba nos deixou. Meu pai é um soldado da vida cotidiana, que só viveu para preservar suas mulheres e crianças da fome. Dia após dia, nesse rio contínuo que é a vida, meu pai nos saciou com frutos dos seus campos e pomares. Meu pai, esse velho homem, nos fez crescer e nos embelezou, nós, a sua família, assim como as plantas com as quais ele nos alimentava. Ele era um cultivador de árvores e de frutos, era um cultivador de crianças. Crescíamos firmes e fortes como os grãos que ele plantava na terra suave dos seus campos.

Meu pai, esse velho homem, se levantou e pediu a palavra. Deram-lhe e ele disse:

"Eu, Bassirou Coumba Ndiaye, neto de Sidy Malamine Ndiaye, bisneto do neto de um dos cinco fundadores do nosso vilarejo, vou te dizer, Abdou Thiam, algo que não vai te agradar. Eu não me recuso a consagrar um dos meus campos à cultura do amendoim, mas me recuso a consagrar todos os meus campos ao amendoim. O amendoim não pode alimentar minha família. Abdou Thiam, você diz que amendoim é dinheiro, mas pela verdade de Deus, eu não preciso de dinheiro. Eu alimentei minha família graças ao milho, aos tomates, às cebolas, ao feijão roxo, às melancias que crescem em meus campos. Tenho uma vaca que me dá leite, tenho alguns carneiros que me dão carne. Um dos meus filhos que é pescador me traz peixe seco. Minhas mulheres vão extrair sal da terra durante o ano inteiro. Com toda essa comida, posso até abrir minha porta ao viajante que tem fome, posso cumprir com os deveres sagrados da hospitalidade.

"Mas se eu cultivasse apenas amendoim, quem alimentaria minha família? Quem alimentaria todos os viajantes de passagem a quem devo hospitalidade? O dinheiro do amendoim não pode alimentar a todos. Responda-me, Abdou Thiam, eu não seria obrigado a ir em seu armazém comprar alimentos? Abdou Thiam, o que vou te dizer não vai te agradar, mas um chefe de vilarejo deve se preocupar com os interesses de todos antes do seu próprio interesse. Abdou Thiam, você e eu somos iguais e eu não gostaria de um dia precisar ir ao seu armazém mendigar arroz a crédito, óleo a crédito, açúcar a crédito para os meus. Eu também não gostaria de fechar minha porta ao viajante que tem fome porque eu mesmo terei fome.

"Abdou Thiam, o que vou te dizer não vai te agradar, mas no dia em que todos cultivarmos amendoim por toda parte nos vilarejos do entorno, seu preço vai baixar. Ganharemos cada vez menos dinheiro e você mesmo poderá acabar vivendo de crédito. Um lojista que só tem clientes devedores torna-se ele próprio o devedor dos seus fornecedores.

"Abdou Thiam, o que vou te dizer não vai te agradar. Eu, Bassirou Coumba Ndiaye, conheci o ano que chamamos de 'ano da fome'. O defunto do seu avô poderia ter te falado sobre isso. Foi o ano seguinte ao dos gafanhotos, da grande seca, o ano dos poços secos, o ano da poeira que soprava do norte, o ano do rio baixo demais para irrigar nossos campos. Eu era um garotinho, mas me lembro que se não tivéssemos compartilhado tudo durante essa estação seca como o inferno, se não tivéssemos compartilhado nossas reservas de mel, de feijão roxo, nossas reservas de cebola, de mandioca, se não tivéssemos compartilhado nosso leite e nossos carneiros, teríamos todos morrido. Abdou Thiam, o amendoim não nos teria salvo naquela época e o dinheiro do amendoim tampouco nos teria salvo. Para sobreviver àquela seca do diabo, teríamos certamente comido nossas sementes do ano seguinte e precisaríamos comprá-las novamente a crédito àqueles mesmos a quem teríamos vendido nosso amendoim pelo preço que decidissem. A partir daí, seríamos pobres para sempre, mendigos para sempre! Por isso, Abdou Thiam, mesmo que não te agrade, eu digo 'não' ao amendoim e digo 'não' ao dinheiro do amendoim!"

O discurso do meu pai não agradara nem um pouco Abdou Thiam, que ficara muito, muito chateado, mas que não demonstrou. Abdou Thiam não gostara de o meu pai ter dito que ele era um mau chefe. Abdou Thiam não gostara nada de a sua loja ter sido mencionada. Por isso mesmo, a última coisa no mundo que Abdou Thiam desejaria era que a sua filha Fary se unisse a um dos filhos de Bassirou Coumba Ndiaye. Mas Fary Thiam decidiu de outro modo. Fary Thiam se entregou a mim na pequena floresta de ébanos antes que eu partisse para a guerra na França. Fary me amava mais do que a honra do seu pai que não tinha honra.

XX

As minhas sete mãos foram a terceira coisa que desenhei para o doutor François. Eu as desenhei para poder revê-las de fato, assim como eram quando as cortei. Eu estava muito curioso para constatar como a sombra e a luz, o papel e o grafite iriam restituí-las, para saber se ganhariam vida aos meus olhos assim como a cabeça da minha mãe ou a de Mademba. O resultado superou minhas expectativas. Pela verdade de Deus, quando as desenhei, acreditei que elas tivessem acabado de lustrar, carregar e descarregar o rifle que seguravam antes que meu facão as separasse dos braços dos condenados da terra de ninguém. Eu as desenhei uma ao lado da outra sobre a grande página branca que a senhorita François me dera. Tive até o cuidado de desenhar um a um os pelos do seu dorso, suas grandes unhas pretas, o corte mais ou menos bem-sucedido em seu punho.

Eu estava muito orgulhoso de mim. Devo dizer que eu não tinha mais minhas sete mãos. Achei que seria mais razoável me livrar delas. E depois o doutor François começara a limpar bem o lado de dentro da minha cabeça das sujeiras da guerra. Eu não queria mais ver a fúria e a loucura da guerra, assim como meu capitão não suportara mais ver minhas sete mãos na trincheira. Então, uma bela noite, decidi enterrá-las. Pela verdade de Deus, esperei uma noite de lua cheia para fazê-lo. Eu sei, entendi, não deveria tê-las enterrado em uma noite de lua cheia. Eu sei, entendi que da ala oeste do meu refúgio, poderiam ter me identificado cavando o solo para enterrá-las. Mas eu achei que devia um enterro sob a luz da lua às mãos dos meus condenados da terra de ninguém. Eu os matara com a cumplicidade da lua. A lua se escondera para me dissimular aos seus olhos. Eles morreram nas trevas da terra de ninguém. Mereciam um pouco de claridade.

Eu sei, entendi que eu não deveria, pois uma vez que acabei de enterrá-las, enfileiradas em uma caixa fechada com meu cadeado místico, ao retornar para o refúgio acreditei ter visto uma sombra deslizar por detrás de uma das grandes janelas da ala oeste. Eu sei, entendi que alguém no refúgio devia ter descoberto o meu segredo. Foi por isso que esperei alguns dias antes de desenhar minhas mãos. Esperei para ver se alguém me denunciava. Mas ninguém falou. Então, para limpar com grandes baldes de água mística o lado de dentro da minha cabeça, desenhei minhas sete mãos. Eu precisava mostrá-las ao doutor François para que saíssem do lado de dentro da minha cabeça.

Minhas sete mãos falaram, elas confessaram tudo aos meus juízes. Pela verdade de Deus, eu sei, entendi que o meu desenho me denunciara. O doutor François, depois de tê-las visto, não mais me sorriu como antes.

XXI

Onde estou? Parece que estou voltando de longe. Quem sou eu? Já não sei mais. As trevas me envolvem, não distingo nada, mas sinto pouco a pouco o calor me trazer vida. Tento abrir olhos que não são os meus, mexer mãos que não me pertencem, mas que me pertencerão logo mais, eu pressinto. Minhas pernas estão aqui... Olha! Sinto alguma coisa sob o meu sonho de corpo. Lá de onde venho, juro, tudo é imóvel. Lá de onde venho, não temos corpo. Mas agora, eu que não era de lugar algum, me sinto vivo. Me sinto encarnado. Sinto a carne, banhada de sangue vermelho e quente, me envolver. Sinto contra meu ventre o meu peito chegar, sinto um outro corpo se mexer, infundindo calor no meu. Eu o sinto aquecer minha pele. Lá de onde venho, não há calor. Lá de onde venho, juro que não temos nome. Vou abrir pálpebras que ainda não são as minhas. Não sei quem sou. Meu nome ainda me escapa, mas me lembrarei dele logo mais. Olha! O corpo embaixo do meu não se mexe mais. Olha! Sinto seu calor imóvel sob mim. Olha! De repente sinto mãos me apalparem as costas, costas que ainda não me pertencem de fato, rins que ainda não são os meus, uma nuca que não é a minha, mas de que me aproprio graças a elas, suaves que me tocam. Olha! As mãos de repente me batem nas costas, nos rins, arranham minha nuca. Sob seus arranhões, esse corpo que ainda não era o meu, torna-se meu. Juro que é agradável sair do nada. Juro que eu estava sem estar.

Pronto, tenho meu corpo. Pela primeira vez gozei no lado de dentro de uma mulher. Juro, foi a primeira vez. Juro que foi muito, muito bom. Até agora nunca tinha gozado no lado de dentro de uma mulher, pois eu não tinha corpo. Uma voz vinda de muito, muito longe me disse: "É bem melhor do que com a mão!". Essa voz que vem de longe sussurra em minha cabeça: "É forte como o primeiro obus que explode no silêncio da madrugada e te revira as entranhas". É a voz que vem de longe e que segue me dizendo: "Não há nada melhor no mundo". Eu sei, entendi que é essa voz que vem de longe que vai me dar um nome. Eu sei, entendi que a voz vai me batizar logo mais.

A mulher que me deu essa alegria do corpo está embaixo de mim. Ela está imóvel, os olhos fechados. Eu juro que não a conheço, nunca a vi. Foi ela, aliás, quem me deu olhos para ver oferecendo-se à minha visão. Eu juro que vejo com olhos que não são os meus, que toco com mãos que não me pertencem. É inacreditável, mas eu juro que é a verdade. Meu lado de dentro do lado de fora, como diz a voz vinda de longe, está dentro do corpo de uma mulher desconhecida. Posso sentir o calor interior do corpo dessa mulher que o envolve de cima a baixo. Eu juro que tenho a impressão de habitar meu próprio corpo desde que comecei a habitar o corpo dessa mulher desconhecida. Ela está sob mim, não se mexe, tem os olhos fechados, não sei quem é ela. Eu juro que não sei por que ela aceitou acolher meu lado de dentro do lado de fora em seu interior. Chega a ser engraçado estar deitado sobre uma mulher desconhecida. Chega a ser divertido ter a impressão de ser estrangeiro a seu próprio corpo.

Vejo minhas mãos pela primeira vez. Eu as agito, viro-as de um lado e de outro da cabeça dessa mulher sobre quem estou deitado. Seus olhos estão fechados. Estou apoiado sobre os meus cotovelos. Sinto seus seios roçarem em meu peito. Posso observar minhas duas mãos se agitando perto da sua cabeça. Eu não as imaginava tão grandes. Juro que acreditava ter mãos menores, dedos mais finos. Não sei por que, mas me encontro com mãos muito, muito grandes. É divertido, mas quando dobro meus dedos, quando aperto e afrouxo meus punhos, me deparo com mãos de lutador. Juro que lá de onde vim não me parecia que eu tivesse mãos de lutador. Foi a pequena voz vinda de longe que me soprou que de agora em diante eu teria mãos de lutador. Estou surpreso. Preciso verificar se o resto do meu corpo também é de lutador. Preciso verificar o estado do meu corpo que é o meu sem sê-lo. Devo separar meu corpo daquele da mulher que está embaixo de mim. Ela parece dormir. É engraçado que eu não a veja muito, no entanto ela me parece bela. Acho que amo as mulheres belas. Mas antes preciso verificar meu corpo, para ver se ele se parece com o corpo de um lutador, como afirma a voz que vem de longe.

Estou me separando dessa bela mulher de olhos fechados deitada sob mim. É divertido escutar o barulho dos nossos corpos que se separam. Tenho vontade de rir. Faz um pequeno barulho molhado, como o de uma criança que tira rapidamente seu polegar da boca quando sua mamã, que a proibiu de fazer isso, aparece. Essa imagem que vem de longe me faz rir em minha cabeça. Também é divertido se encontrar deitado perto de uma mulher desconhecida. É divertido como o meu coração se acelera para saber se o resto do meu corpo é como minhas mãos. Levanto meus braços em direção ao teto do quarto branco. Meus dois braços. Eu juro, parecem dois troncos de velhas mangueiras. Repouso meus braços ao longo do meu corpo. Estiro minhas duas pernas retas em direção ao teto do quarto branco. Eu juro, parecem dois troncos de baobás. Repouso novamente minhas duas pernas sobre a cama e penso que é divertido se encontrar em um corpo inteiramente de lutador. É divertido chegar ao mundo em uma condição física tão boa. É divertido se descobrir com tanta força. Eu juro que não tenho medo do desconhecido, não tenho medo de nada, como um verdadeiro lutador, mas ainda assim é engraçado nascer em um belo corpo de lutador perto de uma bela mulher, e não em um corpo de magricela perto de alguma feiura.

Eu não tenho medo do desconhecido. Juro, não tenho nem medo de conhecer o meu nome. Meu corpo me diz que sou um lutador e isso me basta. Não preciso saber meu nome de família, meu corpo me basta. Não preciso saber onde estou, meu corpo me basta. Daqui para frente, só o que preciso é descobrir a força do meu novo corpo. Ergo novamente em direção ao teto branco os meus dois braços espessos como dois troncos de velhas mangueiras. Minhas mãos parecem mais distantes dos meus ombros do que eu pensava ser. Aperto meus punhos, depois afrouxo, aperto-os e afrouxo novamente. É divertido ver os músculos dos meus braços brincando sob minha pele. Meus braços são mais pesados do que eu pensava serem, são cheios de uma força contida que parece poder explodir a qualquer momento. Mas não tenho medo do desconhecido.

XXII

Obrigada, senhorita François! Pela verdade de Deus, eu me enganei. Ainda que eu não fale francês, eu sei, entendi o que queria dizer o olhar da senhorita François para o meio do meu corpo. Não há ninguém como a senhorita François quando se trata de falar com os olhos. Seus olhos me avisaram que eu devia ir ao seu quarto na mesma noite em que tocaram de leve o meio do meu corpo.

Seu quarto ficava no final do corredor pintado de um branco tão ofuscante que brilhava sob o fogo da lua por trás de cada uma das janelas, diante das quais passei silenciosamente. O doutor François, sobretudo, não devia saber que eu ia encontrar a sua filha. O guardião da ala oeste do refúgio também não devia me notar. A porta do seu quarto estava aberta. Quando entrei, a senhorita François dormia. Deitei perto dela. A senhorita François acordou e gritou, porque pensou que não era eu. Coloquei minha mão esquerda sobre a boca da senhorita François que se debateu, se debateu. Mas, como disse o capitão, sou uma força da natureza. Esperei ter a certeza de que a senhorita François não se mexia mais para tirar minha mão da sua boca. A senhorita François me sorria. Então sorri para ela também. Obrigada, senhorita François, por me oferecer sua pequena fenda não muito longe das suas entranhas. Pela verdade de Deus, viva a guerra! Pela verdade de Deus, mergulhei nela como se mergulha na corrente poderosa de um rio que se deseja atravessar a nado furioso. Pela verdade de Deus, entrava e saía dela a ponto de dilacerá-la. Pela verdade de Deus, senti imediatamente em minha boca o gosto do sangue. Pela verdade de Deus, não entendi por quê.

XXIII

Eles me perguntam meu nome, mas eu espero que eles me revelem. Eu juro que ainda não sei quem sou. Não posso dizer-lhes o que sinto. Acredito, ao olhar meus braços como troncos de velhas mangueiras e minhas pernas como troncos de baobás, que sou um grande destruidor de vida. Eu juro que tenho a impressão de que nada pode resistir a mim, de que sou imortal, de que poderia pulverizar rochas apenas apertando-as em meus braços. Eu juro que o que sinto não pode ser dito de forma simples: as palavras para dizê-lo são insuficientes. Então peço a ajuda das palavras que poderiam soar estrangeiras àquilo que quero dizer, para que ao menos, por ventura, apesar do que elas significam cotidianamente, possam traduzir o que sinto. Neste momento eu sou apenas o que o meu corpo sente. Meu corpo tenta falar por minha boca. Não sei quem sou, mas creio saber o que meu corpo pode dizer a meu respeito. A espessura do meu corpo, sua força superabundante, apenas podem significar no espírito dos outros o combate, a luta, a guerra, a violência e a morte. Meu corpo me acusa ao meu corpo defensor. Mas por que a espessura do meu corpo e a sua força superabundante não poderiam também significar paz, tranquilidade e serenidade?

Uma pequena voz vinda de muito, muito longe, me diz que o meu corpo é um corpo de lutador. Eu juro que acredito que conheci um lutador no mundo de antes. Não me lembro do seu nome. Este corpo espesso no qual me encontro sem saber quem sou, talvez seja o seu. Talvez ele o tenha desertado para me deixar o lugar vago, por amizade, por compaixão. É isso que me sussurra a pequena voz distante em minha cabeça.

XXIV

"Eu sou a sombra que devora as rochas, as montanhas, as florestas e os rios, a carne das bestas e a dos homens. Eu arranco a pele, esvazio os crânios e os corpos. Eu corto os braços, as pernas e as mãos. Despedaço os ossos e aspiro seu tutano. Mas eu sou também a lua vermelha que se eleva sobre o rio, sou o ar da noite que agita as folhas ternas das acácias. Sou a abelha e a flor. Sou também o peixe que se agita e a piroga imóvel, o filé e o pescador. Sou o prisioneiro e seu guarda. Sou a árvore e a semente que a gerou. Sou o pai e o filho. Sou o assassino e o juiz. Sou a semeadura e a colheita. Sou a mãe e a filha. Sou a noite e o dia. Sou o fogo e a madeira que o devora. Sou o inocente e o culpado. Sou o início e o fim. Sou o criador e o destruidor. Sou duplo."

Traduzir nunca é simples. Traduzir é trair nas arestas, é barganhar, é negociar uma frase por outra. Traduzir é uma das únicas atividades humanas em que somos obrigados a mentir nos detalhes para restituir a verdade de um modo geral.

Traduzir é correr o risco de entender melhor do que os outros que a verdade de uma palavra não é una, mas dupla, até tripla, quádrupla ou quíntupla. Traduzir é se distanciar da verdade de Deus, que, como todos sabem ou creem saber, é una.

"O que ele disse? todos se perguntarão. Isso não parece a resposta esperada. A resposta esperada não devia ultrapassar duas palavras, ou três se muito. Todo mundo tem um nome e um sobrenome, ou dois nomes se muito."

O tradutor pareceu hesitar, intimidado pelos olhares severos, contraídos de preocupações e de cólera, que se elevavam e recaíam sobre ele. Ele pigarreou e respondeu aos grandes uniformes com uma pequena voz quase inaudível:

"Ele disse que era ao mesmo tempo a morte e a vida."

XXV

De agora em diante creio saber quem eu sou. Eu juro, pela verdade de Deus, que a pequena voz vinda de muito, muito longe em minha cabeça me deixou adivinhar. A pequena voz percebeu que o meu corpo não podia me revelar tudo acerca de mim mesmo. A pequena voz compreendeu que o meu corpo me era ambíguo. Eu juro que o meu corpo sem cicatrizes é um corpo estranho. Os lutadores, os guerreiros, têm cicatrizes. Eu juro, pela verdade de Deus, que um corpo de lutador sem cicatrizes não é um corpo normal. Isso quer dizer que o meu corpo não pode contar a minha história. Isso também quer dizer, foi a pequena voz que me disse de muito, muito longe, que o meu corpo é o de um *dëmm*. O corpo de um devorador de almas tem toda a probabilidade de não carregar cicatrizes.

Todo mundo conhece a história desse príncipe que veio de lugar nenhum para se casar com a filha caprichosa do rei vaidoso. A pequena voz vinda de muito, muito longe em minha cabeça, me lembrou. Essa filha caprichosa de um rei vaidoso queria um homem sem cicatrizes. Queria um homem sem história.

O príncipe que saíra diretamente do matagal para se casar com ela não tinha nenhuma cicatriz. Esse príncipe era de uma beleza terrível e ele agradou à princesa caprichosa, mas desagradou à ama da princesa. A ama da princesa soubera, compreendera no primeiro olhar que o príncipe de uma beleza terrível era um feiticeiro. Ela soubera, compreendera o porquê de ele não ter nenhuma cicatriz. Os príncipes, como os lutadores, carregam sempre cicatrizes. São suas cicatrizes que contam sua história. Os príncipes, como os lutadores, precisam ter ao menos uma cicatriz para que os outros criem uma grande narrativa. Sem cicatriz, sem epopeia. Sem cicatriz, sem grande nome. Sem cicatriz, sem renome. Foi por isso que a pequena voz em minha cabeça tomou as rédeas. Foi por isso que a pequena voz me deixou adivinhar meu nome. Porque o corpo em que habito, o corpo que me foi legado, não tem nenhuma cicatriz.

A ama da princesa caprichosa soube, entendeu que o príncipe sem cicatrizes era inominável. A ama advertiu a princesa caprichosa do perigo sem nome. Mas foi em vão. A princesa caprichosa queria seu homem sem cicatrizes, queria seu homem sem história. Então a ama deu três talismãs à princesa caprichosa e lhe disse: "Aqui está um ovo, aqui está um pedaço de madeira e aqui está um seixo. No dia em que um grande perigo te perseguir, jogue-os um após outro por cima do seu ombro esquerdo. Eles te salvarão".

Após o seu casamento com o príncipe de uma beleza terrível, saído diretamente do matagal, chegou o tempo de ela partir para o reino do seu marido. Mas o reino do seu marido ficava no desconhecido. Quanto mais a princesa caprichosa se distanciava do seu vilarejo, mais a escolta do seu marido se reduzia, como que engolida pelo matagal. Cada um recobrava sua verdadeira aparência – de lebre, de elefante, de hiena, de pavão, de serpente negra ou verde, de grou-coroado, de escaravelho devorador de esterco. Pois o príncipe, seu marido de uma beleza terrível, era um feiticeiro, como adivinhara a ama. Um feiticeiro-leão que a manteve por muito tempo como escrava em uma caverna perdida no matagal.

A princesa caprichosa lamentava amargamente não ter escutado a voz da sua ama, a voz da sabedoria, a voz que alerta. A princesa caprichosa se encontrava em meio a lugar nenhum. Ela estava em um local onde a areia se parece com a areia, o arbusto se parece com o arbusto, o céu com o céu; um lugar onde tudo se confunde, um lugar onde a própria terra não possui cicatrizes distintivas, um lugar onde a terra não tem história.

Então, assim que pôde, a princesa caprichosa fugiu, mas o feiticeiro-leão se lançou a sua procura imediatamente. O feiticeiro-leão sabia que se ele perdesse a princesa perderia também a sua única história, perderia o seu sentido, perderia até mesmo o seu nome de feiticeiro-leão. Se a princesa fugisse, sua terra novamente se tornaria a terra de ninguém, pois foi a princesa quem a despertara por seu capricho. Sua terra só ressuscitaria com o retorno da princesa caprichosa ao seu reino-caverna. A própria vida do feiticeiro-leão dependia dos olhos, das orelhas e da boca da princesa caprichosa. Sem ela, a beleza sem cicatrizes permaneceria invisível, sem sua presença, os rugidos seriam inaudíveis, sem sua voz, o reino-caverna se apagaria do mundo.

Quando, da primeira vez, ele estava a ponto de alcançá-la, ela jogou por cima do seu ombro esquerdo o ovo da ama, que se transformou em um rio imenso. A princesa caprichosa acreditou estar salva, mas o feiticeiro leão bebeu toda a água do rio. Quando, na segunda vez, ele estava a ponto de alcançá-la, ela jogou por cima do seu ombro esquerdo o pequeno bastão da ama, que se transformou em uma floresta impenetrável. Mas o feiticeiro-leão conseguiu derrubá-la, desenraizá-la. Quando o feiticeiro-leão estava, na terceira vez, a ponto de alcançá-la, a princesa caprichosa já quase podia ver o vilarejo do seu pai e da sua ama. Então ela lançou por cima do seu ombro esquerdo o último talismã, o pequeno seixo, que se transformou em uma montanha alta que o feiticeiro-leão subiu penosamente e desceu a grandes saltos. Apesar desse último obstáculo mítico, o feiticeiro-leão ainda estava no seu encalço. Ela não ousava olhar para trás, de medo que tinha de que a imagem do perigo distante se aproximasse mais rápido dela. Ela escutava o barulho dos seus passos batendo na terra. O homem-animal corria sobre duas pernas ou sobre quatro patas? Ela acreditava escutar sua respiração ofegante de felino. Ela já sentia seu cheiro de rio, de floresta e de montanha, de besta e de homem, quando aconteceu o improvável. Um caçador com arco e flecha apareceu de lugar nenhum. O feiticeiro-leão que saltava sobre a princesa caprichosa foi morto por uma flecha em cheio no coração, foi a primeira e última ferida do feiticeiro-leão. É graças a ela que, daqui para frente, é possível contar sua história.

Quando o feiticeiro-leão caiu em uma nuvem de poeira amarela, escutou-se um grande barulho irromper das profundezas do matagal. O solo tremia, a luz do dia vacilava. O reino-caverna, reino do lado de dentro da terra, se elevava na luz do sol. Grandes penhascos quebravam estrondosamente o coração do reino inominável do feiticeiro-leão. Todos podiam ver esses penhascos subindo no céu do matagal. De agora em diante, o reino-caverna era localizável por meio dessas grandes cicatrizes da terra. É graças a elas que daqui para frente se pode contar a história desse reino.

O caçador-salvador era o filho único da ama dos três talismãs. O caçador-salvador era feio, o caçador-salvador era pobre, mas ele salvara a princesa caprichosa. Como recompensa por sua bravura, o rei vaidoso casou sua filha caprichosa com o caçador-salvador que era coberto de cicatrizes. Era um homem de histórias.

Eu juro que a história do feiticeiro-leão, eu a escutei exatamente antes de partir para a guerra. Essa história, como todas as histórias interessantes, é uma história curta cheia de subentendidos engenhosos. Aquele que conta uma história conhecida como essa do feiticeiro-leão e da princesa caprichosa, pode nela dissimular outra história. Para ser vista, a história escondida na história conhecida deve se desvelar um pouco. Se a história escondida se esconde demais por trás da história conhecida, ela permanece invisível. A história escondida deve estar lá sem estar, ela deve se deixar adivinhar assim como as vestes apertadas de cor amarelo-açafrão deixam adivinhar as belas formas de uma moça. Ela deve transparecer. Quando ela é compreendida por aqueles a quem se destina, a história escondida por trás da história conhecida pode mudar o curso de suas vidas, impulsioná-los a metamorfosear um desejo difuso em ato concreto. Ela pode curá-los da doença da hesitação, contrariando toda expectativa de um contador mal-intencionado.

Eu juro que a história do feiticeiro-leão, eu escutei à noite, sentado em uma esteira estendida sobre a areia branca, em companhia dos garotos e garotas da minha idade, sob a proteção dos galhos baixos de uma velha mangueira.

Eu juro que, como todos aqueles que naquela noite escutaram a história do feiticeiro-leão sem cicatrizes, eu soube, entendi que Fary Thiam se identificou com ela. Eu sei, entendi quando Fary Thiam se levantou para se distanciar de nós. Eu sei, entendi que Fary pouco se importava de ser vista como uma princesa caprichosa. Eu sei, entendi que ela desejava o feiticeiro-leão. Quando Alfa Ndiaye, meu mais que irmão, o homem de totem leão, se levantou, pouco depois de Fary, entendi que ele ia encontrá-la no matagal para se unir a ela. Eu sei, entendi que Alfa e Fary se encontraram na pequena floresta de ébanos não distante do rio de fogo. Ali Fary se entregou a Alfa antes que partíssemos os dois, no dia seguinte, à guerra na França. Eu sei porque eu estava lá sem estar, eu, seu mais que irmão.

Mas agora que eu penso profundamente, agora que eu me volto para mim mesmo, pela verdade de Deus, eu sei, entendi que Alfa me cedeu um lugar no seu corpo de lutador por amizade, por compaixão. Eu sei, entendi que Alfa escutou a primeira súplica que eu lhe lancei do mais profundo da terra de ninguém, na noite da minha morte. Porque eu não queria ficar só em meio a lugar nenhum sob uma terra sem nome. Pela verdade de Deus, eu juro que no momento em que eu nos penso, daqui para frente ele sou eu e eu sou ele.

© Editora Nós, 2020
© David Diop, 2018
[By arrangement with So Far So Good Agency]

Direção editorial SIMONE PAULINO
Assistente editorial JOYCE DE ALMEIDA
Projeto gráfico BLOCO GRÁFICO
Assistente de design STEPHANIE Y. SHU
Preparação DANIEL AUGUSTO
Revisão ANA LIMA CECILIO, GABRIEL PAULINO

Imagem de capa HUGO SÁ [*Sem título, 2020*]

2ª reimpressão, 2023

*Texto atualizado segundo o novo Acordo Ortográfico
da Língua Portuguesa.*

Todos os direitos desta edição reservados à Editora Nós
Rua Purpurina, 198, cj 21
Vila Madalena, São Paulo, SP CEP 05435-030
www.editoranos.com.br

INSTITUT FRANÇAIS

Liberté • Égalité • Fraternité
RÉPUBLIQUE FRANÇAISE

AMBASSADE DE FRANCE
AU BRÉSIL

*Cet ouvrage a bénéficié du soutien des Programmes
d'aides à la publication de l'Institut Français.
Este livro contou com o apoio à publicação do Institut Français.*

Dados Internacionais de Catalogação na Publicação (CIP)
de acordo com ISBD

D593i
Diop, David
  Irmão de alma / David Diop
  Título original: *Frère d'ame*
  Tradução: Raquel Camargo
  São Paulo: Editora NÓS, 2020
  128 pp.

ISBN 978-65-86135-04-6

1. Literatura francesa 2. Romance
I. Camargo, Raquel II. Título

	CDD 843
2020-1539	CDU 821.133.1-31

Elaborado por Odilio Hilario Moreira Junior CRB-8/9949

Índices para catálogo sistemático:
1. Literatura francesa: Romance 843
2. Literatura francesa: Romance 821.133.1-31

Fonte GT SECTRA
Papel POLÉN BOLD 90 g/m²
Impressão SANTA MARTA